리틀파파

리틀파파

초판1쇄 인쇄 2008년 12월 20일
초판2쇄 발행 2010년   7월 20일

지은이 | 안젤라 존슨
옮긴이 | 김옥수
펴낸이 | 이정아

펴낸곳 | 꿈틀
출판등록 2010년 4월 21일 제 313 - 2005 - 53호
주소 (121 - 880) 서울 마포구 창전동 6 - 153 1층 주인공
전화 070) 7718 - 3381
팩스 02) 323 - 3380
e - mail coky0221@hanmail.net

ISBN 978-89-957760-6-3 04840

리틀 파파

안젤라 존슨 지음 | 김옥수 옮김

꿈틀

차례

엘리자베스 아케베도를 비롯한
맨해튼 초등학교 2000년 졸업반 학생들에게 바친다.

1장

·
·
·

내가 필요할 때
아기가 어떻게 하는지 나는 알고 있다

현재

엄마 말씀이 난 여덟 살까지 밤이 되면 잠을 자지 않았다고 한다. 엄마도 도시의 다양한 소리가 좋아서 잠을 안 잤기 때문에 문제가 될 건 없었다. 그럴 때마다 내 방에 들어와서 침대 옆에 책상다리로 앉아 캄캄한 데서 게임기를 갖고 놀았다고 한다.

우린 아무런 말도 안 했다.

나는 엄마가 거기에 있는 걸 좋아한다고 생각한 것 같다. 엄마 역시 그렇게 하는 게 나한테 훨씬 좋다고 생각한 게 분명하다.

그래.

이제 알겠어. 확실히 알겠어.

우리는 말이 필요하지 않았다. 서로를 쳐다볼 필요도, 희미한 게임기 불빛에 서로가 비친다는 사실을 말할 필요도 없었다.

그리고 지난 주에는 우리 아기 새털이 밤을 꼬박 새울 것 같은 밤에 나는 배 위에 아기를 눕히고 그 냄새를 맡았다. 태어난 지 열하루가 된 아기 냄새를.

아, 막 태어난 아기의 향긋한 냄새…… 베이비 샴푸와 아기우유, 그리고 우리 엄마의 향수 냄새. 나는 아주 어릴 때처럼 왈칵 울어버렸다.

너무나 무서웠다. 하지만 크리스마스 진열장에 놓인 자동인형처럼 새털이 꾸물거릴 때에는 눈물이 씻은 듯 사라졌다. 아주 간단히 사라졌다.

나는 침대에 아기를 눕히고 옛날에 쓰던 게임기를 찾으러 갈까 하다가 그만두었다.

이제 생활 방식 전체를 바꿔야 한다.

한동안 이런 생각을 했다. 모든 걸 바꿔야 한다. 새털이 동그란 눈으로 쳐다볼 때마다 나는 이제 모든 게 바뀌었다는 사실을 느낀다. 만일 세상이 정말로 올바르다면 모든 사람이 옛날식으로 살 거란, 끝까지 처음처럼 행동할 거란 생각이 든다. 처음에 모든 걸 파악하고 끝까지 순수하게 살아갈 것 같다.

그러면 모두가 따뜻한 방에서 엄마나 아빠의 배에 누워 포근한 아침 햇살을 기다리며 인생을 정리할 수 있을 것 같다.

옛날

나는 열여섯 살이 되던 날을 이런 식으로 지냈다.

친한 친구 케이보이, 그리고 J.L.과 함께 수업을 빼먹고 피자를 먹으러 쇼핑몰에 갔다. 영화 한 편을 때리고 팝콘을 먹는데, 입으로 들어가는 게 절반 상대에게 던지는 게 절반이었다. 그러고는 난생 처음으로 엠파이어스테이트 빌딩 꼭대기까지 올라가 보았다.

그러곤 처음 올라온 사람이 할 말을 했다.

"사람들이 모두 개미처럼 보여."

그래, 맞아.

그날 밤에 아빠는 당신의 식당에서 내가 제일 좋아하는

치즈 프라이와 쇠고기 요리를 만들어주었다. 집에 갈 때 지하철을 탔으며 그 다음엔 아주 천천히 걸었다. 집에 가면 엄마가 엄청나게 큰 케이크를 만들어놓고 기다리고 있을 텐데 나는 여전히 배가 불렀기 때문이다. (우리 집에서 특별한 날은 계속 먹는 날을 뜻한다.)

하지만 케이크는 먹어보지도 못했다. 현관 계단에서 여자 친구 니아가 빨간 풍선을 들고서 나를 기다리고 있었기 때문이다. 완전히 넋 나간 모습으로 풍선 하나를 들고 앉아있었기 때문이다. 나는 "바비, 할 말이 있어." 하고 떨면서 말한 목소리를, 그 표정을 영원히 못 잊을 것 같다.

니아는 나에게 빨간 풍선을 건네주었다.

현재

    길모퉁이에서 성도 없이 불리는 멋쟁이 노인 프랑크가 나한테 '사나이'로 커가고 있느냐고 물을 때마다 나는 웃어댔다. 노인은 다른 사람한테 '사나이'로 커가고 있느냐고 물은 적이 전혀 없는 것 같다. 최소한 내 눈으로 본 적은 없다. 내가 그냥 웃어넘긴 이유는 모퉁이에서 아침 열시부터 술이나 마시며 어슬렁대는 노인을 대단한 사람으로 여기지 않았기 때문이다. 정말 웃기는 사람이란 생각이 들었기 때문이다. 언제나 그랬다.

    새털을 집에 데려오고 이틀째 되는 날, 프랑크는 어떤 미친놈한테 뒷골목으로 질질 끌려가는 동네 여자애를 구하려다 살해되었다.

가족이 없었다. 돈도 없었다. 사람들은 프랑크라는 이름만 알았다. 그래서 동네 사람들이 돈을 모아서 장례비용을 댔다. 그렇게 하지 않으면 시에서 공동묘지에 묻을 터이기 때문이다. 나는 노인의 장례식에 갔다가 집까지 걸어와서 새털과 밤새도록 놀아주며 과연 내가 사나이로, 좋은 사나이로 커갈 수 있을까 고민했다.

새털은 내가 여름캠프 때에 농장에서 본 적이 있는 고양이 새끼처럼 잠을 잔다. 그때 새끼 고양이들은 낡은 상자에서 형제들끼리 서로 발을 올려놓은 채 웅크려서 자고 있었다. 가족과 함께 편하게 자고 있었다.

병원에서 집으로 데려온 이후, 나는 예전에 내가 쓰던 아기 침대에 새털을 눕혀놓을 수가 없었다.

우리 엄마는 그러다가 큰코다칠 거라고 하면서 이렇게 말한다.

"아기를 내려놓으렴, 바비. 아기가 온 세상에 네 얼굴밖에 없다고 생각하겠다. 주변을 둘러볼 여유도 주지 않고 계속 끌어안고 지내다간 아기가 여섯 살이 되면 세상 모든 걸 무서워할 거야."

아니면…….

"바비야, 화장실에 가느라 빅토리아 이모한테 아기를 맡긴 김에 조금 더 맡겨둘 수도 있는 거 아니니? 그러다가 아기가 걸음마를 시작하고서도 너한테 한시도 떨어지지 않으려고 하면 정말 큰코다칠 게다. 정말 큰코다칠 게야."

나중에 어떤 사람이 새털한테 협박할지도 모르겠다는 생각이 들었다. 무시무시한 협박을. 내가 새털을 너무나 사랑한 나머지 끝까지 옆에 끼고 살려고 한다고.

…….

케이보이와 J.L.이 새털의 침대를 내려다보며 무서운 표정을 지으며 아기한테 이상한 소리를 만들어내고 있다.

아기가 울어댄다.

친구들이 아기한테 딸랑이를 흔들고 발을 간질인다.

아기가 다시 울어댄다.

나는 내 침대에 뛰어들어 워크맨을 낀 채 친구들을 쳐다보고 웃으면서 말한다.

"그래, 너희 둘이 새털한테 참 잘하고 있어. 커다란 사내 두 놈이 무서운 표정으로 노려보며 귀에다 딸랑이를 시끄럽게 흔들어대고 있는데 너희가 아기라면 울음을 그칠 테니까."

J.L.이 마치 축구공이라도 되는 것처럼 아기를 집어들고 창문으로 데려가면서 대답한다.

"이봐, 친구, 우리 누나한테도 아기가 있는데, 아기가 울 때마다 내가 달래준다고."

J.L.이 앞뒤로 바쁘게 몸을 흔들어대면서 콧노래를 부르는데, 내 귀에는 들리지 않는다. 잠시 후에 새털이 울음을 그치고 J.L.은 아기와 바닥에 누워서 콧노래를 계속 흥얼거린다. 나는 새털이 두 손을 천천히 올리다가 조용해지는 걸 바라본다. 마침내 아기가 잠이 든 것이다. 그리고 곧이어 J.L.도 잠이 든다.

케이보이는 내 책상 앞에서 지난 밤 내가 그린 새털 그림을 손가락으로 매만지며 말한다.

"멋있어."

"고마워."

케이보이가 야구 모자를 벗으니까 머리칼이 흘러내려서 얼굴을 덮는다. 그는 적갈색 피부에 키가 커서 거리를 걷던 사람은 누구나 쳐다본다. 참 잘 생긴 얼굴이지만 (엄마 말씀에 따르면) 그는 그걸 모르는 척 행동한다. 우리가 열 살일 때 그는 키가 거의 183cm였으며 모르는 사람은 그를 나이가 훨씬 많은 아이라고 생각했다. 그래서 우리랑 함께 놀이터에서 그네를 타다가 다 큰 아이가 어린 애처럼 논다는 말을 듣고 진저리를 친 적도 있었다.

케이보이는 데이트를 안 한다. 여자애들과 함께 그냥 돌아다닐 뿐이다. 여자애랑 춤만 추러 다녀도 이런 일은 (아기가 생기는 일은) 언제 일어날지 모른다는 식으로 말하면 케이보이는 아니라고 대답한다. 전혀 다르단다.

사랑이 없으면 모든 것이 다르단다.

당시에 이런 말이 듣고 싶지 않았다. 지금도 이런 말을 들으면 별로 반갑지 않다. 케이보이는 가장 친한 친구이면서도 언제나 속을 박박 긁어대는 말만 한다.

그런데 그보다 나쁜 건 그가 아무 말도 안 할 때이다. 정말 이상하기 때문이다.

케이보이는 새털 그림을 계속 보고 있다.

"그래. 아기를 계속 기를 거야 어쩔 거야?"

나는 워크맨의 볼륨을 줄이고 내가 저 애를 친구로 사귀는 이유가 무얼까 생각하며 케이보이를 오랫동안 바라보다가 반문한다.

"아기를 계속 기를 거냐고? 무슨 뜻이야?"

케이보이는 내 침대 옆에 앉아 TV 리모컨을 집어들고 소리를 죽인 채 정원 손질에 대한 프로그램을 보기 시작한다.

"그냥 물어본 거야, 친구."

"어이가 없을 정도로 멍청한 질문이니까 그렇지, 케이."

"그러지 마, 바비, 그냥 물어본 것뿐이야. 도대체 뭐가 문제야?"

"문제는 없어. 하나도 없어."

거의 울부짖는 소리다. 새털이 J.L.의 품에서 깜짝 놀라고 J.L.이 눈을 번쩍 뜬다.

J.L.이 하품을 한다.

"왜 그래?"

아무도 대답하지 않는다. 케이보이는 TV 볼륨을 높이고 나는 워크맨 볼륨을 높인다. J.L.이 다시 잔다.

몇 분 후에 TV에 나오는 여자가 쓰레기 더미를 가리키고, 나는 이렇게 말한다. 혼잣말을 하는 것 같다.

"나는 새털을 기르기로 마음먹었어."

그리고 몇 분 후에 케이보이는 일기예보 채널로 돌린다. 하지만 눈길은 건너편에서 자는 J.L.과 새털을 바라본다. 그러면서 말한다.

"당연히 아기를 길러야지, 친구, 당연히 그래야지."

옛날

아빠와 엄마는 꼼짝도 않고 가만히 앉아있었다. 나는 니아가 임신했다는 말을 듣고 두 분이 돌처럼 굳어버렸다고 생각했다.

두 분이 어떤 일에 의견의 일치를 본 건 아주 오랜만이다.

그래서 기다렸다. 나는 이런 문제에 대해 두 분이 나한테 몇 년 전부터 한 이야기가 다시 나오기만 기다렸다. 그 동안 존경과 책임에 대한 대화를 얼마나 많이 나누었던가. 아빠는 나랑 여객선을 타고 스테이튼 섬에 오가는 동안 섹스에 대해 얼마나 많은 이야기를 했던가. 그때 우리

23

는 생각이 같았고 그래서 내가 콘돔까지 얻지 않았던가?
성병 그리고 십대 임신에 관한 책자를 내 침대 옆에 놓아
둔 엄마는 또 뭐란 말인가?

어떻게 이런 일이 일어났단 말인가? 정신이 어디로 사
라졌단 말인가? 이성은 어디에 있었단 말인가? 도대체 앞
으로 어떻게 해야 좋단 말인가?

계속 가만히 있던 아빠가 숨을 죽인 채 그냥 눈물만 흘
리기 시작한다.

현재

뼈가 쑤시고 피곤하지만 의식은 분명하다. 지금까지 깨어있는 사람은 나밖에 없을 것 같다. 심지어 도시 자체도 조용하다. 적어도 우리 마을은 그렇다.

결국엔 세상사람 모두가 아기를 낳아 거의 매일 밤을 뜬 눈으로 보내다가 이 세상을 떠나야 하는 인생살이에서 어떤 의미를 찾아야 하는지 모르겠다.

몇 가지 규칙.

아기가 찡얼대도 내가 길러야 할 아기다.

아기가 변한다 해도 결국엔 내 아기다.

『아기 보는 사람』이라는 사전에는
'할머니' 라는 단어가 없다.
이제 어른이 되어야 한다.
지금도 늦었다, 많이 늦었다. 어른이 되어라.

옆방에서 엄마가 잠결에 뒤척이는 소리가 들린다. 새털
이 아직 비명을 질러대지 않기 때문에 엄마가 깨어나지
않는다. 새털이 깨서 칭얼거린다. 이건 아빠한테 옆으
로 오라는 뜻이다. 기저귀를 갈거나 분유가 필요한 건 아
니다. 비명을 지르며 몸부림치는 게 아니기 때문이다. 아
빠가 필요한 것뿐이다.
나는 이러는 게 정말 무섭다.
나만 원한다.
얼굴이 예쁘고 손이 귀엽긴 하지만 아무 것도 안 하면
서 오직 나한테만 의지하는 조그만 아기. 그리고 아무런
생각도 없이 눈물을 터뜨리며 엄마한테 뛰어가서 모든 걸
맡겨버리는 나.
하지만 이런 일이 생기면 안 된다. 가슴이 아프다. 나는
아기 손을 쭉 펴서 가녀린 선을 더듬어본다. 그리고 뽀뽀

를 한다. 아기 손이 투명하고 따뜻하다. 아기 손. 따뜻하고 향긋한 아기 손. 내가 할 수 있는 일이라곤 그 손에 뽀뽀를 하고 꼭 껴안아서 내가 무서워한다는 사실을 못 보게 하는 것뿐이다.

자신의 힘으로 어쩔 수 없을 때에는 가만히 있어라.

그러다가 깨닫는다. 내가 해낸 것이다. 아주 중요한 사실이다. 나는 이 귀여운 아기에 대한 아주 중요한 사실을 알고 있다. 나는 아기한테 내가 필요하다는 사실을 알고 있다. 내가 필요할 때 아기가 어떻게 하는지 나는 알고 있다.

비명을 지르며 울어대지 않는다.

그냥 칭얼대는 것, 바로 이게 내가 필요하다는 신호다.

남은 기저귀 여덟 개.

아기 이유식.

아기 물 티슈.

고무젖꼭지 세 개. (두 개가 없어질 경우를 대비해야 한다.)

우유병 네 개.

속옷 세 벌.

갈아입을 겉옷 세 벌. (새털은 먹은 걸 자주 토한다.)

갈아신을 신발 한 켤레.

기저귀 발진용 연고.

아스피린 성분이 없는 아기 물약.

딸랑이 두 개.

동그란 털모자 하나.

두유 이유식 깡통 두 개.

깡통 따개 하나.

생수 두 병.

기저귀 가방에 꼭 맞는 휴대폰. 새털이 태어나고 이틀 후에 케이보이 엄마가 선물한 것이다. 정말 꼭 맞는다. 이 모든 게 내가 새털을 데리고 할아버지 집에 가서 하루를 보내기 위해서 챙겨야 하는 필수품이다.

지하철을 몇 차례 갈아타고 한 차례 졸면 (나랑 새털한테 꼭 필요한 과정) 아빠가 사는 아파트에 도착한다.

초인종을 누르고 안에 들어가서 새털을 캐리어에 꼭 동여매고 승강기를 타니까 아빠가 엄마와 헤어진 다음에 내 손을 꼭 잡고 이곳에 처음 오던 때가 생각난다. 나는 금방이라도 쓰러질 것 같은 몸을 구석에 기댄다. 그래서 더 이상 견딜 수 없을 즈음에 아빠가 사는 층에 도착한다. 현관 안에서 칠리 치즈 프라이 같은 냄새가 난다. 나한테 주려고 준비하는 음식이다.

옛날

두 분은 항상 나를 좋아했다. 니아의 부모님은 항상 나를 믿고 잘해주었다. 두 분이 그런다는 걸 니아가 알려주었다. 니아와 함께 지낼 때에 나는 그것에 대해서 진지하게 생각한 적이 없다.

함께 전철을 타고 학교에 갈 때에도 쇼핑몰에서 놀 때에도 공원에서 스케이트를 탈 때에도 진지하게 생각하지 않았다. 내가 그것에 대해 무슨 생각을 할 수 있단 말인가? 그냥 그랬다. 남이 나를 믿는다는 건 정말 좋은 일이다. 하지만 그냥 당연하게 받아들일 뿐이다. 그 이상이 아니다. 그 이하도 아니다.

니아네 집 맨 위층은 벽이 너무 하얘서 눈이 부실 지경이다. 모든 선이 곧게 뻗어나갔으며 포스트모던 양식의 조각품이 빛났다. 순백색이 너무나 단정하고 깨끗한 나머지 화장실에서 수프를 끓여도 괜찮을 것 같았다.

나는 이 집이 너무나 마음에 들었다. 내가 사는 집과 너무나 달랐기 때문이다.

우리 집에는 펑퍼짐한 베개와 모로코 융단이 깔려있고 벽마다 제이콥 로렌스 그림이 붙어있다. 엄마와 아빠는 색깔과 소리에 항상 많은 관심을 쏟아부었다. 나와 두 형은 재즈와 리듬 앤드 블루스, 그리고 레게 음악이 항상 배경음으로 깔리고 주방 스토브에는 언제나 요리가 익고 있는 시끄러운 집에서 자라났다.

실내 공간을 가득 채운 탁자와 선반, 그리고 가구에는 나와 두 형이 아프리카, 스페인, 베네수엘라, 말레이시아 등에서 찍은 흑백사진이 가득했다. 아빠 말씀이 비록 우리는 가난하지만 여행을 못할 정도로 가난한 건 아니며, 여행은 영혼을 풍성하게 만들어주기 때문이다.

내가 보기에, 우리 집은 사람이 너무 많고 시끄러웠다.

니아는 넓고 조용한 집에서 살았다.

맨 위층에서 침실과 거실을 구분하는 일본식 미닫이문에서 나올 때에는 니아도 광채가 난다. 조각 작품과 똑같다.

나는 그런 사람을 생전 처음 보는 것처럼 니아를 바라본다. 박물관에 걸려있는 그림 속의 천사처럼 빛으로 둘러싸인 모습이다. 그래서 니아가 다가와 내 옆에 앉을 때, 자개를 박아넣은 은팔찌를 스치며 한 손으로 내 손을 잡을 때, 나는 움찔한다.

니아가 말한다.

"두 분이 곧 나오실 거야. 아빠는 전화 받는 중이고 엄마는……."

더 이상 말할 필요가 없다. 바로 그 순간에 니아의 아빠와 엄마가 후광을 번뜩이며 나타나면서 내 마음은 찬란한 광채에서 벗어나 다양한 색깔이 널려있고 스토브에서 무언가가 익고 있는 안락한 우리 집으로 돌아가고픈 생각뿐이었기 때문이다.

두 분은 서로 손을 맞잡고 팔걸이를 쇠로 만든 하얀 소파에 차분하고 침착하게 앉아있다.

니아의 엄마가 머리를 뒤로 넘긴 둥근 얼굴로 웃는다.

화장으로 감춘 눈 밑의 둥근 주름이 한눈에 보인다.

니아의 아빠는 마치 영화를 보듯이 계속 창밖만 쳐다본다. 지금 어떤 대화가 나오고 무슨 일이 일어나도 자신은 별로 관심이 없다는 표정이다.

그 모습을 보니까 법대를 중퇴하고 아프리카에 가서 자원봉사를 하는 사촌형 샘에 대한 이야기가 나올 때의 L. C. 삼촌이 생각난다. 그 이야기가 나오면 삼촌은 똑바로 앞을 바라보면서 날씨 이야기만 한다.

내가 입을 열 차례가 온 것 같다. 하지만 머리에서는 '아, 제기랄!' 하는 생각만 떠오른다.

네, 그렇습니다, 아저씨. 제가 따님을 임신시켰습니다.

네, 아주머니. 두 분께서 저한테 훨씬 책임 있는 행동을 기대하셨는데, 제가 정말 끔찍한 실수를 저지르고 말았습니다.

아, 그래요, 저희도 앞으로 어떻게 될지 알고 있습니다.

저희 부모님께서도 얼마나 실망하신지 모릅니다. 아빠는 눈물을 흘리시고 엄마는 저를 때리고 싶은 마음을 억누르느라 입술을 꽉 깨물어서 턱으로 피까지 흘렀습니다.

아닙니다. 친구들과 체육관에서 농구를 하고 지치도록

돌아다니다가 영화 한 편을 보는 것 외에는 어떤 계획도 없습니다. (아저씨가 바라는 대답이 이런 겁니까? 지금 나한테 이런 대답을 바라고 있습니까, 아니면 앞으로 나와 니아의 아기에게 그 누구보다 훌륭한 아빠가 되겠다는 대답을 바라는 겁니까?)

하지만 나는 대답한다.

예, 아저씨.

예, 아주머니.

모르겠습니다, 아주머니.

알고 있습니다, 아저씨.

순백의 하얀 벽은 물론이고 니아 엄마의 얼굴에 끊임없이 감도는 미소조차 눈에 보이지 않을 때까지 나는 계속 이렇게 대답한다. 커다란 잘못을 저질러서 어쩔 수 없을 때에는 그러는 게 제일 좋은 방법이라고 니아가 미리 알려주었기 때문이다.

두 분이 일어나서 우리 부모님과 만나서 얘기를 나누고 싶다는 투로 말할 때 나는 무사히 끝났다고 생각한다. 그런데 니아가 울기 시작한다. 나는 니아가 우는 게, 나보다 먼저 우는 게 정말 싫다.

현재

    나는 오래 전부터 자주 찾아가던 대기실에서 아기를 안는다.

    간호사는 우리 엄마가 나를 옆구리에 끼고 데려올 때부터 빙그레 웃으며 나를 쳐다보던 바로 그 사람이다. 분수 옆에 있는 홍보용 액자에는 웃고 있는 아이들 사진이 여전히 가득 꽂혀있다. 놀이방에는 낡은 동물인형, 크레용이 담긴 깡통, 집짓기 블록, 인형, 장난감 트럭이 아직도 있다.

    열이 나거나 실밥을 뽑거나 예방주사를 맞거나 방학 중에 옻이 오르는 등의 수많은 일로 소아과 빅터 선생님한테 치료를 받기 위해 엄마와 함께 찾아와서 이곳에 앉아 있을 때가 생각난다.

그런데 이제는 우리 딸이 나와 함께 빅터 선생님한테 치료를 받는다. 비록 한 아이의 아빠임에도 불구하고 나는 법적으로 아직 어린아이이기 때문에 소아과 진료를 받을 수 있다.

정말 어이가 없다는 건 나도 안다. 바로 하루 전에도 이처럼 어이없는 일이 일어나고 말았다.

새털을 까마득히 잊어버린 채 그냥 나와 버린 것이다.

케이보이가 농구나 하자고 전화를 해서 난 좋다고 대답했다. 그래서 농구공을 들고 재킷을 여미며 현관으로 향했다.

엘리베이터를 타고 끝까지 내려왔다.

밖으로 나가는 문까지 걸어갔다.

그리고 거리의 모퉁이를 돌다가……

나는 바닥을 가로질러 아기 침대로 살금살금 기어갔다. 아기는 여태 자고 있었다. 새근새근 숨을 내쉬고 있었다. 앙증맞은 눈을 귀엽게 감은 채 잠을 자고 있었다. 더 큰 아이라면, 조금만 더 큰 아이라면 내가 항상 자기 옆에 있을 거라고 확신할 것 같은 그런 표정이었다.

나는 농구공을 내려놓았다. 공이 밖으로 나가 거실을 지나서 엄마 방이 있는 쪽으로 굴러갔다.

하마터면 나는 거리의 모퉁이를 그냥 돌아갈 뻔 했다.

빅터 선생님이 새털을 들어서 아기저울에 올려놓는다. 새털이 몸무게를 재는 건 그때 처음 보았다. 전자저울이 3.6kg을 나타낸다.

"아기가 체중이 늘어나고 있구나, 바비."

"예, 앞에 있는 건 무엇이든 빨아먹거든요. 제 말은 우리 아기가 착하다는 뜻이에요."

"그래, 아기가 아주 좋아 보이는구나. 그런데 넌 어떠니? 힘드니?"

나는 새털의 신발을 매만진다. 우리 아래층에 사는 코코 페르난데스 아주머니가 (난 아주머니의 성과 이름을 언제나 함께 불렀다) 앙고라 털로 만들어준 보온용 신발이다. 아기 발에 신긴 신발이 부드럽다.

바로 그때 새털이 기지개를 길게 켜며 하품을 한다.

나는 빙그레 웃으며 빅터 선생님을 쳐다보았다.

이렇게 말하고 싶다.

아니, 내가 힘들어 보이나요? 한 번도 제대로 못 쉬고 삼 주 내내 뜬 눈으로 지새운 사람처럼 보이나요?

하지만 말하지 않는다. 그냥 빙그레 웃으며 유모차에 있는 아기가 몸을 웅크리지 못하게 할 뿐이다.

힘들다고 불평해도 아무 소용이 없다. 벌써 엄마한테 시험해 보았다. 너무 힘들다고 해도 전자오락실에 잠시 다녀오고 싶다고 해도 엄마는 눈길조차 주지 않았다.

"그대의 전자오락실 시대는 끝났소, 아드님."

엄마는 커다랗게 웃고 나서 현관을 나서며 사진이나 현상하러 가야겠다고 중얼거렸다.

나는 다시 빙그레 웃으면서 빅터 선생님을 쳐다보고 대답한다.

"전 괜찮아요."

의사 선생님은 나를 잠시 쳐다보더니 가까이 걸어와서 목을 만진 다음에 말한다.

"편도선이 부은 것 같아. 요즘에 몸 상태가 이상하지 않니?"

내가 다시 대답한다.

"전 괜찮아요."

하기 싫은 게 있으면 무릎이 아프다거나 열이 난다는 핑계로 벗어날 수 있을 때처럼 나는 순간적으로 의사 선생님한테 처방전을 써달라고 간청하고 싶은 유혹을 느낀다.

언제나 나한테 친절한 빅터 선생님한테, 내가 투덜대는 소리를 가만히 들어주는 선생님한테 이렇게 말하고 싶다.

몸이 정말 안 좋아요. 너무나 힘들어요. 단 몇 시간이라도 편하게 누워서 잘 수 있으면 좋겠어요. 그러니 내가 벗어날 수 있도록 처방전 한 장만 써주세요.

처방전을 길게 쓸 필요는 없어요.

전문 의학용어가 전혀 담겨있지 않아도 상관없어요.

한숨도 못 자고 밤을 꼬박 새우면서 매 시간 기저귀를 갈아주고, 하얀 신발을 신은 아기가 하품하는 걸 쳐다보면 그 자리에 내가 눕고 싶다는 생각만 드는 상황에서 벗어날 수만 있으면 충분해요.

이 상태를 벗어날 수 있는 처방전 한 장이면 돼요.

처방전 한 장이면.

옛날

나는 니아와 함께 대기실에 앉아있다. 임신한 여성의 포스터로 사방에 도배를 해놓은 곳이다. 최소한 내 눈에는 그렇게 한 것처럼 보인다.

건강채널을 보니까 기분이 나빠지기 시작한다. 빈혈약과 태아를 잘 돌보는 방법에 관한 내용인데, 우리가 이곳에 온 이유가 바로 그것 때문이다. 젠장, TV가 사방에 있다. 진찰실에 들어가도 마찬가지다. 그렇다고 불만을 터트릴 생각은 없다.

니아는 간호사가 준 두 쪽 짜리 조사표를 다 작성한 다음에 잡지에다 얼굴을 파묻은 채 한 번도 고개를 들지 않는다.

나는 니아 자신이 여기에 없는 것처럼 하려고 애쓴다는 사실을 알고 있다.

아무 일도 없는 것처럼 하려고 애쓰는 것이다.

마치 우리가 산부인과 현장학습을 나온 학생이라도 되는 것처럼 보이려고 애쓰는 것이다.

나는 지금까지 나한테 일어난 모든 일을 효과적으로 외면하고 있다. 니아 역시 똑같을 거라는 생각이 든다.

첫번째 진찰을 하러 갈 때 같이 가고 싶다고 말하니까 니아가 물었다.

"같이 가고 싶은 이유가 뭔데?"

내가 말했다.

"처음에는 내가 같이 가야 하는 거 아니야?"

니아가 영어 교과서를 들여다보기 시작했다. 나한테는 눈길도 주지 않았다.

"그럴 필요 없어, 바비. 나 혼자 다녀올 수 있어."

"그래, 나도 네가 그럴 수 있다는 걸 알아, 니아. 하지만 나 역시 할 일을 하고 싶을 뿐이야. 엄마 말씀이……."

바로 그때 니아가 굉장히 화를 냈다. 그런 모습을 본 건 그때가 처음이다. 마치 나를 바닥에 내던지고 싶은 표정이다.

"그렇다면 네가 정말 원해서 그러는 게 아니잖아. 네가 그래야 한다는 건 너희 엄마 머리에서 나온 거잖아."

나는 설명하려고 한다. 하지만 니아는 나를 뿌리치고 학습실에서 나가버린다. 그래서 나는 엄마가 한 말은 니아가 갈 병원이 모퉁이에 있는데 엄마도 그곳에 가서 주사를 맞아야 하니까 다 끝나고 함께 점심이나 먹도록 하자는 게 전부라는 말을 할 시간도 없다.

젠장, 쉽지 않다는 건 처음부터 알고 있었다. 이제부터는 쉬운 일이 하나도 없다, 더 이상은.

하나도 기억나지 않는다. 나는 그냥 진찰실에 앉아서 의사 뒤편의 선반에 올려놓은 스키 트로피만 쳐다보고 있었다.

이런 일에는 서로가 힘을 합쳐야 하며 니아가 나한테 굉장히 의지한다고 의사가 말한 것 같다. 그리고 라마즈 분만법에 대해서 말했다.

니아가 대답했다.

"아니에요, 싫어요. 내가 아기를 낳을 때 세상에 나온 모든 진통제를 쓰도록 하세요. 나는 호흡법을 배우지 않을 거예요. 숨은 지금도 제대로 쉬니까요."

그래서 내가 멍청하게 말한다.

"아마 라마즈가 아기한테 더 좋을 거야."

니아가 일어나서 허리에 한 손을 얹는다. 아직까지 몸무게가 40.8kg에 불과하다. 배는 조금도 나오지 않았다. 그렇다고 몸 상태가 예전과 똑같다는 말은 아니다.

"아기를 낳을 사람이 너니, 바비?"

"아니. 하지만 가능하다면 너 대신 그렇게 하고 싶어."

니아가 감정을 삭이고 다시 앉아서 내 손을 꼭 잡고 눈물을 흘리며 나를 바라본다.

나는 스키 트로피를 바라보면서 이런 생각을 한다. 슬로프를 내려갈 때에 세찬 바람이 불면 얼마나 시원할까, 내가 지금까지 스키 타는 법을 얼마나 배우고 싶어 했던가.

의사 선생님은, 이름이 기억나지 않는데, 우리가 거기에 있는 동안 나를 두 번 다시 쳐다보지 않고 니아만 바라보며 침착한 목소리로 계속 무언가를 설명한다.

니아는 발로 바닥을 계속 톡톡 치고, 의사 선생님은 마침내 니아의 혈압을 재면서 검사를 시작하자고 말한다.

"나도 함께 들어가야 하나요?"

내가 묻는다.

의사 선생님은 나에 대한 감정이 좋지 않지만 그래도 웃는 걸 보면 검사실을 당장 떠나라고 할 정도까지는 아닌 것처럼 보인다. 하지만 내가 틀렸다는 게 금방 드러난다. 의사 선생님이 나한테 대기실에 가서 니아가 검사를 끝낼 때까지 기다리라고 했기 때문이다.

나는 대기실에 앉아 건강채널을 들으면서 스키를 타고 바람을 헤치며 달리는 상상을, 바람을 헤치며 아무도 없는 곳으로 도망치는 상상을 한다.

2장

.
.
.

우리한테
시간이 충분해서 정말 좋다

현재

바로 이것 때문이 분명하다.

우리 엄마가 눈을 가늘게 뜨고 입으로 고약한 말을 내뱉는 이유가 바로 이것 때문이 분명하다.

우리 아빠가 위궤양이 심해지고 '이번엔 또 뭐야?' 하는 표정으로 쳐다보는 이유도 바로 이것 때문이 분명하다.

바로 이것 때문이 분명하다. 나한테 아기가 있으며 모든 게 내 책임이라는 느낌, 바로 이것 때문이 분명하다.

새털은 어젯밤을 병원에서 보내고 나는 밤새도록 침대 옆에 앉아있었다. 지난 삼 일 동안 잠을 잔 시간이 약 이십 분밖에 안 된다. 대기실 앞 화장실에 들어갔다가 지하철에 타고 있다는 착각을 하고 꾸벅꾸벅 졸았다.

간호사와 싸움을 벌였다.

병원에 오면서 택시에 가방을 그냥 두고 내렸다.

하지만 더욱 심한 건 새털이 내가 입은 마지막 남은 깨끗한 재킷에다 먹은 걸 토했으며, 우리 엄마는 멀리 출장을 가서 전화조차 받지 않는다는 사실이다.

아빠는 주방에서 일하는 직원 절반이 결근해서 정신없이 바쁘다……

새털은 지금 잠을 자고 있다.

병원 측에서는 딱 이십사 시간이 지나면 괜찮아지는 열병이라고 말한다. 하지만 낮잠을 자는 새털을 깨우러 들어갔다가 열이 펄펄 나는 걸 처음 알았을 때만 해도 무서워서 죽는 줄 알았다. 산토끼 잠옷을 만질 때 열이 펄펄 끓어서 나는 넋이 나갔다. 조그만 귀에 체온계를 넣으니까 사십 도가 나온다.

그리고 지옥 같은 병원에서 스물네 시간을 보낸 다음에 새털을 데리고 집으로 온다. 잠을 자려고 노력해도 너무 힘들어서 잠이 오질 않는다. 어이가 없다.

엄마가 드디어 전화를 한다.

"애, 괜찮니?"

엄마는 새털이 괜찮다는 사실을 벌써 알고 있다. 내가 한 시간 간격으로 음성메시지를 계속 보냈다. 다 큰 아기라는 느낌이 들지만 어쩔 수가 없다. 그래서 엄마 목소리가 들리는 순간…… 나는 진짜 아기처럼 울기 시작한다. 새털이 모르도록 아주 조용히.

나는 "응." 하고 간신히 대답하며 엄마가 농산물 시장에서 과일과 야채를 빨리 사들고 도시로 빨리 돌아오면 좋겠다고 생각한다.

"내일 도착할 거야."

엄마가 말한다.

그래서 난 멍청이처럼 대답한다.

"천천히 와. 이제 우리 둘 다 괜찮아."

"그래, 바비. 필요한 게 있으면 코코 아줌마한테 도움을 청하렴."

나는 마음 속에 있는 말을 하지 않는다, 내가 위궤양에 걸리거나 낯선 사람한테 욕설을 퍼붓는 사태가 일어나기 전에 엄마한테 빨리 집으로 오라는 말을.

그 대신 나는 새털을 단단히 동여매고 밖으로 나와 문을 잠그고 쇠로 만든 비상계단을 내려가서 코코 아줌마네 문 앞에 선다.

"잘 생긴 사내면 들어와."

코코 아줌마가 소리친다. 그리고 덧붙인다.

"못 생긴 사내라도 들어와. 내가 멋있게 만들어 줄게."

나는 센티멘털한 분위기의 짙푸른 카펫이 깔려있고 자녀와 손자의 사진이 사방에 널려있는 담청색 아파트 안으로 들어간다. 컨트리뮤직이 스테레오에서 흘러나오고 있다.

코코 아줌마는 컨트리뮤직 밴드에서 바이올린을 연주한다.

나를 어릴 때부터 지켜본 코코 아줌마가 다가와서 새털한테 뽀뽀를 하더니, 내 품에서 새털을 데려간다.

"왜 찾아왔는지 알겠다."

아줌마가 얼굴 전체에 주름이 잡히도록 웃으며 말한다. 아줌마는 스무 가지 색상의 스카프로 검은 머리칼을 묶고 추리닝 바지에 백 벌은 될 것 같은 I Luv NY 셔츠 가운데 하나를 입고 있다. 아줌마는 옛날부터 키가 나보다 작고 몸무게는 새털보다 가벼울 것 같은 느낌을 준다. 하지만 피부는 똑같은 담갈색이다.

"정말 오랜만에 만나는 것 같아요."

내가 하품을 한다.

"그래. 마을 리바이벌 음악회에서 연주를 했거든. 수십 년 동안 못 보던 친구를 정말 많이 만났단다."

나는 소파에 앉아서 코코 아줌마 수족관에서 노니는 물고기를 바라본다.

그 다음에 기억나는 건 내가 새털과 함께 소파에서 여섯 시간을 잤다는 사실이다.

수업이 시작되려면 아직 세 시간 정도가 남아있다.

새털은 내가 안고 비상계단을 올라가서 우리 아파트로 들어가는 문을 열 때에 깨어난다.

엄마 방을 지나갈 때에는 엄마가 그립다. 내가 방으로 가서 아기 침대에 눕히자 새털이 깜짝 놀라며 자지러지게 비명을 질러댄다. 방을 둘러보니까 예전 생활이 그립다.

옛날

케이보이와 J.L.은 웨스트사이드 체육관 담장에 등을 기댄 채 아무 말도 안 한다. 그러다가 자세를 바꿔서 건너편을 바라본다. 그곳에서 여자애 세 명이 커다랗게 웃고 떠들며 길을 건너고 있다. 그러다가 하마터면 택시에 치일 뻔한 다음에 여자애들이 운전사한테 가운데 손가락을 내밀고 다시 걸어간다.

J.L.이 웃고는 조금 전에 가방에서 꺼낸 물병을 빨아먹는다.

난 계속 기다린다.

난 지금 막 내 입으로 말한 내용에 대해 두 친구가 무슨

말이든 하기만 계속 기다린다. 두 친구 입에서 무슨 말이
나올지 모르는 건 이번이 처음이다. 바보 같다는 건 알고
있지만, 난 니아가 임신했다는 사실에 대해 엄마 아빠가
보인 반응보다 두 친구 입에서 나올 말이 더 두렵다.

J.L.이 먼저 입을 연다.

"야, 바비. 동전 가진 거 있어? 전화를 걸 데가 있거든."

그래서 나는 여자 친구한테 아기가 생겼다는 고민을 털
어놓았는데 이 친구는 다른데다 전화를 걸 생각만 하는구
나 하고 서운하게 생각한다.

내가 주머니에 손을 넣자 케이보이가 웃기 시작한다.

"도대체 뭐가 그리 우습니?"

내가 케이보이한테 소리를 지른다. 두 친구 모두 신경
을 건들고 있기 때문이다. 도대체 왜 그러는지 모르겠다.

케이보이가 웃음을 멈춘다. 하지만 계속 웃고 싶은 표
정이다.

J.L.이 체육관 벽에 다시 등을 기대며 말한다.

"이봐 친구, 내가 전화를 걸려고 한 곳은 '1-800-멍청
이클럽'이야. 네가 그곳에 다니는 것 같아서."

케이보이가 안됐다는 표정으로 나를 쳐다보며 머리를

절레절레 흔들기 시작한다. 내가 무얼 기대했는지 모르겠다. 나라도 아마 똑같이 말했으리라.

우리 셋이서 예전에 이 문제에 대한 이야기를 나눈 적이 있다. 그래서 멍청한 사람이나 그런 일을 겪는다는 결론을 내렸다. 피임을 하는 방법이 숱하게 널려있기 때문이다.

우리 엄마는 화장실 싱크대 밑에 커다란 콘돔 바구니를 갖다놓아 두 형이 언제라도 꺼내 쓰도록 했으며, 두 형이 모두 떠난 다음에는 나를 위해서 그렇게 했다. 그러곤 걱정이 될 때마다 잔소리를 늘어놓고 싶지 않으니까 알아서 잘하라고 말했다.

그래서 그곳에는 언제나 콘돔이 있었다.

케이보이와 J.L.은 콘돔이 필요할 때마다 나한테 얻어갔다.

J.L.은 언제나 빈털터리이고 케이보이 엄마는 아들이 침대 밑에 숨겨놓은 콘돔을 발견하면 발광을 하기 때문이다.

케이보이 엄마는 아들의 안전한 성생활에 대해서 들어볼 생각조차 안했다. 아들이 그런 걸 하지 않기만 바랐다.

아들이 섹스를 생각하거나 섹스를 하거나 섹스를 할 만한 사람과 어울린다는 것 자체에 귀를 기울이지 않으려고 했다.

"내가 무슨 말을 할 수 있겠니?"

케이보이가 어깨를 으쓱했다.

"우리가 무슨 말을 하길 바라니?"

J.L.이 좀 전에 못되게 굴어서 미안하다는 표정으로 바라보며 말했다.

"그런 거 없어."

나는 대답하고 고개를 돌린다. 체육관 운동장에서 뛰어다니는 어린애들을 바라본다. 그러면서 앞으로 삼사 년 후에 내 아이가 저기에서 저런 어린애들과 소리를 지르며 뛰어다니는 모습을 상상한다.

J.L.이 바닥에 있는 가방을 집어들고 떠나간다. 그래서 한 번도 돌아보지 않고 한 블록을 다 간 다음에 고개를 돌리자, 케이보이는 고개를 끄덕여주고 나는 못 본 척한다.

"젠장. J.L.이 저러는 건 본 적이 없어."

케이보이가 말한다.

우리는 콜럼버스 거리를 따라 걷기 시작한다. 내 귀에

는 사람들이나 자동차 소리가 들리지 않는다. 인파가 붐비는 시간인데 말이다. 모든 게 희미하다. 내 눈에 보이는 건 하이킹 신발을 신은 내 발과 테니스 운동화를 신은 케이보이의 발밖에 없다.

케이보이가 투덜거린다.

"젠장."

내가 동조한다.

"그래. 정말 심각한 상황이야."

케이보이가 롤러블레이드 타는 두 아이를 피하다가 내 어깨를 살짝 문지른다.

"니아는 괜찮아? 책을 아주 좋아하는 아이였는데……."

"지금은 넋이 나갔어. 지난번에 만났을 때에는 무슨 말이든 하라고 말했는데, 그 애는 계속 울기만 해."

"네 마음 알아. 너처럼 되고 싶은 생각은 없지만, 네 마음은 알아."

"제기랄, 나 역시 나처럼 되고 싶은 생각은 없어."

여자애 둘이서 옆을 지나가며 케이보이를 쳐다본다. 아니, 통로 한 가운데에 서서 쳐다본다. 케이보이가 미소를 보낸다.

나는 친구의 팔을 꼭 잡으며 말한다.

"으흠, 아주 멋진 여자애들이긴 하지만 오늘은 아냐."

케이보이가 웃으며 나를 쳐다본다. 그래서 우리는 계속 걷는다.

"그래…….니아가 아기를 기르기라도 한대?"

내가 대답한다.

"나도 몰라. 그런 이야긴 안 하려고 해. 그렇게 하겠다는 말은 안 해. 아니라는 말도 안 하고."

"바비야, 넌 니아가 어떻게 하면 좋겠니?"

이 질문이 케이보이의 입으로 나와서 공중에 흩어질 즈음에 배가 아파오기 시작한다. 난 대답하지 않는다. 내가 결정할 일이 아니기 때문이다. 난 대답하지 않는다. 나는 희망사항을 말할 수 없기 때문이다. 아빠가 미리 알려준 바에 의하면, 지금 나는 입을 꼭 다물고 있어야 한다. 지금 제일 중요한 건 니아의 생각이다.

강요는 안 된다.

잠시 후에 난 꽃가게 앞에서 토하기 시작하고 케이보이는 가게 주인한테 소리지르지 말고 너그러운 마음으로 사라져달라는 말을 하고 있다.

"제기랄."

내가 투덜댄다.

케이보이가 자기 가방에서 티셔츠 한 장을 꺼내주어 나는 재킷을 닦을 수 있었다. 우리는 계속 걷는다. 케이보이는 갈림길에서 헤어지지 않고 우리 아파트까지 다섯 블록을 더 걸어와서 내가 들어가는 모습을 지켜본 다음에 비로소 자기 집으로 간다.

나는 계단에 앉아서 숨을 고른 다음에 우리 층으로 올라간다.

현재

영문학 시간에 눈을 뜨고 있을 수가 없다.

팔에 침이 너무 많이 흘러서 셔츠에 묻은 침을 닦을 엄두도 낼 수 없다. 티슈나 종이 타월이 절실하게 필요하다.

지난밤에도 한숨을 못 잤다. 새털은 새벽 두 시를 노는 시간이라고 생각한다. 안아주면 마냥 웃어대지만 내려놓으려고 하면 세상이 끝나는 것처럼 비명을 지르며 울어댄다.

난 새털한테 걸음마를 시켰다.

음악도 틀어주었다. 새털은 댄스 뮤직을 좋아한다. 그런데 우리 이모가 사다 준 '아기에게 들려주는 바흐'는 들으려고 하지 않는다.

음악이 끝나면 비명을 지르거나 몸을 심하게 비비꼬며 비틀어 대는 게 나까지 몸이 뒤틀리는 기분이 들 정도이다. 그래서 새털한데 말을 걸었다. 지금 돌아가고 있는 상황을 알려주었다.

새털에게 말할 때에는 기분이 좋다. 어떤 말이라도 할 수 있을 것 같다. 농구 이야기도 할 수 있고 나쁜 수학 점수도 이야기할 수 있을 것 같다.

아기가 엄마와 많이 닮았다는 말을 하고 엄마가 기억나느냐고 물어 볼 수도 있을 것 같다. 그리 오래 전이 아니기 때문이다.

내가 입을 계속 움직이는 동안에는 새털이 좋아한다. 내 입에서 소리가 나오는 동안에는 담갈색 피부의 귀여운 얼굴에 눈이 커다란 아기는 온 세상이 마냥 즐겁기만 하다. 그래서 나는 너무 행복하다. 하지만 나는 너무 피곤해서 눈조차 뜨고 있을 수 없다.

그래서 결국에는 영문학을 가르치는 필리스 선생님한테 지적을 당한다.

종이 울리자 선생님이 나를 가리키며 말한다.

"자리에 남아."

난 그렇게 한다.

그래서 이런 대화를 나눈다.

"네가 아빠가 되었다는 이야기를 들었다."

나는 눈을 비비며 잠을 쫓는다. 선생님이 내가 만난 사람 가운데에서 제일 크다는 사실을 처음으로, 정말 처음으로 깨닫는다. 이런 사람이 무엇 때문에 교사가 되었을까? 제기랄, 프로 농구선수보다도 키가 크다.

선생님은 왜 여기에 있을까? 나 같은 아이를, 그리고 나랑 다르지만 알고 보면 나 못지않게 나쁜 아이들을 가르치는 이유가 뭘까?

나는 눈을 계속 비빈다. 그러면 말을 안 할 수 있기 때문이다. 적어도 나한테는 그렇게 보인다. 나는 말하는 게 지겹다. 밤을 꼬박 새우고 아침까지 아기한테 말을 했다.

선생님의 카키색 바지와 폴로셔츠가 눈에 들어온다. 이번에는 거의 다 벗어진 대머리에서 번쩍거리며 반사되는 빛을 보려고 한다. 하지만 선생님 대머리가 번쩍거리지 않는다. 머리털이 자라고 있기 때문이다. 대머리에서도 머리털이 나는가 보다.

젠장. 그게 나랑 무슨 상관이람? 잠이 부족해서 정신이
왔다갔다 하나보다.

"네가 아빠가 되었단 소리를 들었다고 했잖아."

바로 그 때 정신이 든다.

"네, 아기가 있어요."

"아기 엄마가 우리 학교에 다니니?"

"예전에는."

내가 말한다.

선생님이 나랑 상담을 한 사회복지사처럼 웃는다.

"아기 엄마가 다른 학교로 전학을 갔니?"

나는 선생님 신발을 쳐다본다. 끈 없는 신발이다. 내가
왜 이런 것까지 신경 쓰지?

"아니요."

"아기 엄마가 너를 도와주고 있니? 내 말은, 아기가 너
랑 산다고 들었거든."

나는 다시 눈을 비벼대며 이런 귀찮은 대화에서 벗어날
방법만 생각한다. 젠장! 이 학교 사람들은 말이 너무 많
아. 모두가 항상 떠들어대는데 중요한 내용은 하나도 없
어.

선생님은 아마 지프를 타고 다니고, 이 년 전에 약혼한 애인이 있을 거야. 두 사람은 똑같은 농담을 하면서 웃을 거야. 아이는 두 명을 낳을 계획이고 여름이면 디즈니랜 드에 가겠지.

이런 사람이 도대체 무얼 알겠어?

"예, 아기가 저랑 살아요."

"그래, 너를 도와줄 사람이 있으면 좋겠구나."

선생님은 이 말을 하고 그냥 나간다.

나는 선생님이 나한테 낙제점수를 받던지 무슨 조치를 내리던지 하라는 말을 할 거라고 생각했다. 무슨 조치를. 하지만 그런 일은 일어나지 않았다.

선생님은 날 도와줄 사람이 있으면 좋겠다는 말만 했 다.

나는 눈을 다시 비비면서 셔츠에 묻은 침이 마르면 좋 겠다고 생각한다. 그리고 집으로 가는 도중에 상점에 들 러서 아기 우유를 사야한다는 사실을 떠올린다.

새털을 데리러 브루클린에 있는 보모 재키한테 가려면 전철을 두 번 갈아타야 한다.

재키의 푸들이 날 보고 계속 짖어댄다. 이 멍청한 개는 날 몇 년 동안 보았으면서도 아직까지 생전 처음 보는 사람처럼 짖어댄다.

무슨 문제가 있나?

장난감으로 뒤덮인 거실로 들어가니까 어릴 때 거기에서 놀던 생각이 난다. 변한 것은 없다. 모든 게 그대로다.

예전에 아무리 먹어도 더 먹고 싶던 치즈 샌드위치와 토마토 수프 냄새가 나는 것 같다.

내가 파코 모랄과 함께 카펫 한쪽 구석에 물방울무늬를 그려놓은 식당이, 그리고 장난감 옷상자가 기억난다.

재키 역시 똑같은 모습이다.

몸을 흔들며 웃는 모습도 똑같고, 아기를 정상적으로 키우려면 야채를 더 많이 먹여야 한다고 부모에게 말할 때에 뒤로 넘겨서 구슬로 묶은 머리칼을 이리저리 흔들면서 엉덩이에 두 손을 얹는 모습도 똑같다.

지난 삼십 년 동안 재키는 어떤 부모한테든 똑같이 말하고 그러면 모든 부모가 신중하게 들었을 것 같다.

우리 엄마한테도 그런 식으로 똑같이 말했을 거다.

그래서 재키가 "이런, 나이가 들고 지친 표정이구나."

하고 말할 때에 나는 예전처럼 바닥에 앉는다. 그래서 나랑 파코가 카펫에다 물방울무늬를 칠한 건 너무나 당연하다고 생각한다. 재키는 내 품에 아기를 넘겨주고 뒤로 땋은 머리에서 구슬소리를 내며 내 옆에 바싹 앉아서 말한다.

"하지만 앞으로 분명히 좋아질 거야. 분명해. 그건 내가 확실히 알아."

재키한테 어떻게 아는지 묻고 싶다. 하지만 너무 피곤한 나머지, 내가 할 수 있는 건 아기를 안고 있는 것 그리고 집에 돌아가려면 전철을 두 번 갈아타야 한다는 생각밖에 없다.

옛날

　니아가 일주일 동안 아무것도 못 먹은 사람처럼 빵을 먹어대고 있다. 내가 피자 가게에서 사온 파인애플-페페로니 피자를 다 먹은 게 불과 두 시간 전이다.

　"너한테 가져가는 동안 다 식어 버릴 거야."

　나는 브로드웨이를 달리는 택시와 착암기 소리를 억누르며 커다랗게 말했다.

　"괜찮아. 스토브는 뒀다가 뭐에 쓰게? 몇 분만 데우면 상관없어."

　"이렇게 이른 시간에 정말 피자가 먹고 싶은 거야? 너무 이른 시간이라 피자 가게에서 화덕에 불이나 지폈는지 모르겠어."

"바비, 피자 가게잖아."

"그래, 하지만 이렇게 이른 시간에는 파스트리랑 에스프레소만 팔거든."

나는 나가지 않으려고 이리저리 핑계를 댄다. 니아가 토요일 아침 열 시에 피자를 먹고 싶다는 거다. 그런데 건너편 수화기가 조용하다. 이건 니아가 심장마비에 걸린 것만큼이나 심각하다는 뜻이다.

나는 피자 가게로 향한다.

그러면서 니아의 엄마 아빠가 첼시에 살지 않으면 좋겠다는 생각을 한다. 니아가 웨스트사이드 피자 가게에서 만든 피자를 사오라고 하면 나는 버스를 정신없이 갈아타야 하기 때문이다.

지금 니아는 주방 바닥에 앉아서 벽에 등을 기댄 채 입에다 빵을 꾸역꾸역 쑤셔넣고 있다. 힘들어 보이는 얼굴이다. 하시만 행복해 보인다.

정말 행복해 보인다.

니아는 온통 검은색 옷차림이다. 목이 V자로 파인 스웨

터에 검은색 바지, 그리고 갈색 곱슬머리를 꽁지머리로 올려서 묶은 검은색 주름 머리끈.

계속 먹던 니아가 한숨을 돌리고 발을 모아 책상다리로 앉아서 왼발에 낀 발가락 은반지를 만지작거린다. 그리고 맞은편에서 소파에 등을 대고 앉아있는 나를 바라보며 싱긋이 웃는다.

내가 묻는다.

"이제 기분이 좋아졌어?"

니아가 머리를 끄덕이고 빵 종이와 소스 그릇을 가로지르며 기어와서 나를 껴안는다. 몸에서 아기 샴푸와 매운 소스 냄새가 난다.

뒤이어 우리는 바닥을 뒹굴며 서로를 껴안는다. 체취가 향긋하고 입에서는 톡 쏘는 맛이 나다가 향긋한 맛이 나더니, 다시 톡 쏘는 맛이 난다.

지금 내 머리에는 니아를 간절하게 원한다는 생각만 가득하다. 나는 그 어느 때보다 니아를 간절하게 원한다.

니아가 내가 입은 티셔츠를 벗기고 목에 아주 부드럽게 키스한다. 나는 니아만 있으면 된다는, 세상 그 무엇보다 소중하다는 생각을 하면서 스웨터를 벗기고 부드러운 살을, 따뜻한 살을 키스하며 아랫배까지 내려간다.

그래서 불룩한 배에 오랫동안 얼굴을 대서 따뜻하게 만든다. 니아가 한숨을 쉬며 내 머리를 잡는다. 나는 두 눈을 감는다. 그렇게 가만히 있고 싶다.

"아기가 움직이기엔 너무 이른가?"

내가 묻자, 니아가 낄낄거린다.

"아마 그럴 거야."

나는 주변에 널려있는 빵 포장지와 피자 상자를 둘러본다.

"하지만 굶주린 돼지처럼 먹을 시기는 된 것 같아."

내가 말하자, 니아가 다시 낄낄거린다.

니아의 배에 키스를 하면 아이스크림을 먹는 기분이 든다. 멈출 수가 없다. 멈추고 싶지도 않다. 그래서 멈추지 않는다.

니아가 부르르 떨기 시작한다. 나는 니아의 팔과 배에서 돋아나는 닭살을 발견하고 온몸을 꼭 껴안는다.

내가 속삭인다.

"괜찮을까? 우리가 그걸 하면 아기가 아플까?"

니아가 일어나서 소파에 기대며 웃는다.

"아니. 병원에서 설명서도 많이 가져오고 주치의한테도 들었어. 모두가 그런 건 괜찮데, 상식적으로만 하면."

나는 우리가 최근에 그다지 상식적으로 행동하지 않았다는 생각을, 상식을 지켰다면 니아가 임신하는 일도 없었을 거라는 생각을 한다.

"부모님은 늦은 밤에 돌아오실 거야. 우리는 시간이 충분해."

나는 니아를 잡아당겨서 일으켜 세운다.

우리는 피자 상자를 밟으며 니아의 방으로 걸어간다. 우리한테 시간이 충분해서 정말 좋다. 아, 정말 좋다.

현재

오늘 아침, 요람에서 들어올릴 때 새털이 나한테 토했다. 그때 나는 오늘 하루가 어떻게 될지 깨달아야 했다.

하지만 나는 그 징후를 알아채지 못했다.

아빠는 무엇이든 그 징후가 있다고 항상 말한다. 웨이터가 그만 둘지 아니면 배달부가 출근하지 않을지 여부를 아침에 알 수 있다고 한다. 그래서 그 징후를 포착하면 무슨 일이 일어나도 충분히 대처할 수 있다는 것이다.

하지만 케이보이는 어떻게 하든 똑같다고, 무슨 일이 일어날지는 이미 정해져 있다고 한다. 상황을 바꾸려고 하는 건……. 소용이 없다. 상황을 바꾸려고 하지 마라……. 그냥 당하는 게 낫다는 것이다.

그렇다면 나는 아파서 학교 못 간다고 전화한 다음 하루 종일 아기와 함께 자주색 공룡이나 구경하며 지내는 게 좋을 뻔했다.

그냥 숨는 편이 좋을 뻔했다.

하지만 그런다 해도 결국 내가 어쩔 수 있는 건 하나도 없을 거란 생각이 들었다. 가만히 있으면 일어날 일이 더 쉽게 일어날 거라는 생각도 들었다.

어쨌든 나는 새털을 보모한테 데려다주면 너무 늦을 것 같아서 코코 아줌마네 문을 두드렸다.

새털을 목욕시켜야 했기 때문에 모든 게 늦어졌다. 학교의 생활지도 교사에게 벌써 두 번이나 불려간 터였다.

선생님은 모든 일이 잘 되어가고 있느냐고 하면서 이렇게 물었다. 너는 아빠 역할이 무엇이라고 생각하느냐? 아기를 보는 게 너무 힘들지 않느냐? 엄마가 도와주느냐? 아빠는 어떠냐? 아기의 외조부는 도와주느냐? 그러면서 계속 미소를 머금었다.

나는 따뜻한 상담실에서 잠들고 말았기 때문에 선생님

의 다양한 질문에 어떤 거짓말로 대답했는지 기억할 수가 없다.

오늘도 그런 일을 겪을 순 없었다.

그런 일을 두 번 다시 겪고 싶지 않았다. 지금까지 살아오면서 이렇게 많은 어른과 이야기를 나눈 적이 없었다. 인내심이 바닥까지 내려온 상태였다.

제기랄, 이제 더 이상 견딜 수가 없었다.

그래서 나는 엄마가 그러지 말라고 한 걸 했다. 코코 아줌마에게 도움을 청하는 쉬운 길을 선택한 것이다.

아줌마가 문을 열었다. 별이 반짝이는 화려한 옷차림에 꼬아 올려서 묶은 머리, 그리고 손에는 커피가 들려있었다.

"안녕, 꼬마."

나는 캐리어에 묶은 새털을 데리고 안으로 들어갔다. 분홍색 곰 인형 모양의 방한복을 예쁘게 차려 입히면 너무 귀여워서 누구나 데리고 있을 거라 생각했다.

코코 아줌마가 캐리어를 받으며 웃었다.

갑자기 가방이 무겁게 느껴져서 나는 부드러운 카펫에 무릎 꿇지 않으려고 온갖 노력을 한다.

코코 아줌마가 묻는다.

"학교에 늦었다고? 내가 저 갓난아기를 봐주면 좋겠다고?"

"예, 가능하세요? 엄마는 지금까지 찍은 아침 사진으로 부족한지, 오늘도 새벽 다섯 시에 카메라를 있는 대로 챙겨들고 도시의 해돋이를 찍으러 나가셨거든요."

코코 아줌마가 중얼거린다.

"으흐흠. 그래서 엄마는 아직까지 돌아오시지 않고……. 새털은 토했고, 우유를 먹이려면 많은 시간이 걸릴 것 같고……."

내가 완전히 지친 표정으로 보인 게 분명하다. 아줌마가 나한테 커피 잔을 맡기고 캐리어를 풀어서 새털을 꺼냈기 때문이다.

"학교에 다녀오렴, 바비. 내가 데리고 있으마."

그 말과 동시에 나는 기쁨의 눈물을 흘리며 코코 아줌마를 꼭 껴안고 싶었다. 하지만 허리를 숙여서 새털에게 뽀뽀를 하고 코코 아줌마한테 학교가 끝나는 대로 오겠다는, 몇 번 채널을 틀면 공룡 프로그램이 나온다는 말만 했다. 아줌마는 날 정신 나간 놈이란 표정으로 바라보았다.

처음 생각대로 하는 편이 제일 좋았다. 학교를 빠지고
아기랑 하루 종일 공룡 프로그램이나 보면서 지내야 했
다.

옛날

우리가 강당에서 들은, 3일간 우리에게 정학 처분을 내린다는 내용이 사실이 아니라는 걸 확인하러 J.L.이 문으로 뛰어간다.

수업에 늦은 아이가 그렇게 된다는 내용이다.

나는 J.L.이 넬슨 선생님 사무실 열쇠를 구한 방법을 묻고 싶은 생각은 없다. J.L.의 머릿속에 들어있는 생각을 너무 많이 알고 있는 건 결코 바람직하지 않다. 중요한 건 대부분 재미가 있다는 사실이다.

일부는 멍청하다.

일부는 어리석다.

하지만 항상 재미있다.

오늘 우리는 넬슨 선생님 사무실을 완전히 뒤집어놓는
다. 책상이나 의자나 포스터나 쓰레기통이나 할 것 없이
무엇이든 엉망으로 만든다.

우리가 책상으로 갈 즈음에 J.L.이 웃기 시작하더니 멈
추질 않는다. 나는 너무 크게 웃어서 복도까지 들리겠다
고 생각했다.

"그만 웃어, 친구. 너 때문에 들키겠어."

J.L.이 야구 모자를 위로 올리며 계속 웃어댄다.

"이건 정말 멍청한 짓이야, 친구…… 지금 우리가 하는
짓은. 너무 멍청한 짓이라서 웃음을 멈출 수가 없어……."

J.L.이 계속 심하게 웃다가 급기야 바닥에 쓰러지고 만
다.

나는 바닥에 웅크리고 앉아서 숨을 헐떡이는 J.L.을 바
라보다가 실내를 둘러보며 웃기 시작한다. 지금까지 우리
가 한 짓 가운데 제일 멍청한 짓이란 생각이 든다. 하지만
니아 때문에 시난 두어 달을 너무 힘들게 지낸 터라서 기
분은 좋다.

우리는 남한테 들키지 않고 빠져나와 사무실을 잠그고

문 밑에다 열쇠 꾸러미를 밀어넣는다. 그래서 삼 층으로 올라가 자판기에 있는 과자를 사들고 아이들이 공부하는 곳으로 돌아간다. 사무실을 보고 넬슨 선생님이 어떤 표정을 했는지, 그리고 사람들이 얼마나 웃었는지 우리는 모른다. 왜냐하면 우리가 좌석에 앉고 오 분이 지나자 넬슨 선생님이 나를 용서한다는 내용의 통지서를 주었기 때문이다.

니아는 심하게 아파서 급히 병원에 입원한 터였다. 임신 몇 개월에 불과한데 벌써 아기가 이 세상에 있다는 느낌이 든다.

나는 통지서를 받고 몇 분 후에 지하철에 앉아서 생각한다. 그래, 산다는 것 자체가 어차피 멍청한 짓이야.

병원에 가니까 니아는 자고 있다.

나는 침대 발치에 앉아서 니아의 발을 주무른다. 니아는 등을 마사지하는 걸 제일 좋아하는 데 지금은 그럴 수가 없기 때문이다.

니아의 복부를 덮은 하얀 천이 볼록 올라왔다. 하얀 천이 살짝 움직였다. 처음에 나는 니아가 잠에서 깨어나는 중이라고 생각한다. 하지만 하얀 천이 다시 움직여도 니아의 두 눈이 여전히 감겨있는 걸 보고 나는 깨닫는다.

내가 니아의 발에서 두 손을 천천히 움직이며 다리와 엉덩이를 지나 마침내 복부에 올려놓자, 아기가 발로 찬다. 꿈을 꾸는 것 같다.

나는 니아의 복부에 머리를 올려놓는다. 내 몸이 돌처럼 굳어버린 것 같다. 그래서 간호사가 체온을 재러 들어올 때 비로소 깨어난다. 그래서 잠자는 니아를 두고 나온다.

오십 블록이나 되는 거리를 걸어서 집까지 왔는데 불과 몇 분밖에 안 걸린 것 같다는 느낌 외에는 기억나는 게 하나도 없다.

현재

나는 코코 아줌마네 집을 나오며 매일 아침마다 오십 보만 걸어서 새털을 보모에게 데려다 줄 수 있으면 얼마나 좋을까 생각한다.

제기랄, 정말 꿈 같은 이야기다.

그런데 전에 없던 시간이 갑자기 생긴다.

학교가 시작하려면 약 한 시간 삼십 분이란 시간이 남은 거다.

그래서 오랫동안 못 하던 걸 한다. 예전에는 힘들 때마다 그걸 하면서 기운을 차렸다는 사실 자체를 지금까지 까마득히 잊고 있었다. 지금이라도 예전에 그런 것처럼 해볼 필요가 있다.

나는 뛰어서 다시 위층으로 올라가서 깡통 네 개를 가방에 넣고 내가 환장할 정도로 좋아하는 설탕이 가득 든 도넛과 커피를 사러 쇼핑몰로 간다.

기분이 아주 좋다.

이런 여유를 오랫동안 느끼지 못한 터라 가슴이 벅차다. 대로변에서 이 멋진 담벼락을 찾은 건 바로 몇 주 전이다. 그리고 지금은 낙서를 하는 시간이다.

나는 주차장을 가로지르고 운동장과 좁은 길을 지난 다음에 벽을 넘어서 목적지로 간다. 완벽하다.

사방이 깨끗한 갈색 벽돌이며 고급 건축물 몇 채가 그늘을 만들어준다.

도대체 이렇게 멋진 담벼락이 어디에서 나타났단 말인가? 어떻게 이리도 멋진 담벼락이 다른 건물에 연결되지 않고 떠받치는 것도 없이, 도시 한 가운데에 그냥 가만히 서서 내 손만 기다릴 수 있단 말인가?

난 담벼락에 등을 대고 앉는다. 벽돌이 느껴진다. 나는 차가운 기운이 온몸에 파고들도록 가만히 있는다. 이곳에 그려 넣을 장면과 색상을 상상한다.

케이보이와 함께 비상구로 올라가서 빨랫줄에 연을 묶어 놓고 하루 종일 구경하던 장면이 떠오른다.

그 다음에는 J.L.과 함께 그늘진 국립 자연사 박물관 앞 계단에 앉아서 수백만 년이나 된 바위를 쳐다보며 풍선껌을 불고있는 장면이 떠오른다.

그 다음에는 자메이카 해변에서 두 형이 나를 모래에 파묻고 엄마는 옆에서 우리 사진을 찍고 아빠는 내 눈에 모래가 들어가지나 않을까 계속 걱정하는 장면이 떠오른다.

그러다보니 눈에서 눈물이 난다.

깨끗한 담벼락에 스프레이를 뿌리기 시작할 때에도 눈물이 여전히 펑펑 쏟아진다.

처음부터 지금까지 눈물이 계속 나오고 있다.

나는 수많은 사람들 사이를 언제나 유령처럼 떠돌고 있다. 그림 여기저기를 떠돌고 있다. J.L.의 얼굴을 일 분만에 그린다.

나는 백지장처럼 창백한 소년이며 옆에는 갈색 피부의 소녀가 서있는데 소녀의 시선은 항상 다른 곳을 바라본다. 그림에 때때로 두 형이 나타나서 그 존재를 알린 다음에 사라진다.

현실 세계에서 그러는 것처럼.

마지막으로 나와 캐리어에 들어있는 아기가 나오는데 아기한테는 오랫동안 얼굴이 없다. 우유병과 기저귀 상자와 병원, 그리고 사회복지사들이 있다. 얼굴 없는 아기와 유령 같은 소년이 재판정에 있다.

그 다음에는 아기와 유령 소년이 케이보이네 집 근처의 전자오락실과 슈퍼마켓에 있다. 캐리어는 그림 사이를 돌아다니며 유령 소년을 따라다닌다. 아기가 어느 곳이든 계속 그렇게 쫓아다니게 된다면 유령 소년도 결국에는 캐리어 안에다 아기 얼굴을 그려넣어야 할 거다.

유령 소년도 아기를 보아야 할 거다.

난 검정색 스프레이를 뿌린다.

다음에는 빨간색 스프레이를 뿌리고 파란색을 덧붙인다.

유령 소년은 더 창백하게 그려야 한다. 하지만 아니다, 주변에다 녹색만 뿌리는 방법도 있다. 그래, 녹색만 뿌리자.

이제 담벼락이 사라지고 있다.

이제 끝이 나올 수밖에 없다. 이제는 아기한테 얼굴을

찾아주어야 한다. 이제는 점차 어려워지고 있다. 숨이 차고 깡통에 든 물감도 줄어들고 있다.

나는 속이 텅 빈 것 같다.

하지만 아기한테 얼굴을 찾아주어야 한다.

바로 그때 내 어깨를 잡는 손이 있다. 처음에는 나를 도와주려고 그래서 아기 얼굴을 찾아주려고 온 일종의 구원자라고 생각한다.

그런데 이상하게 어둡다는 느낌이 든다. 건물 그늘 때문에 어두운 게 아니다.

이곳에서 하루를 다 보낸 것이다. 수업 시간이 다 지나고 밤이 다가오는 중이다.

다행이란 느낌은 한 순간에 지나고 구원자는 권총을 지닌 경찰관으로 변한다. 나는 경찰차 뒷좌석에 올라타고 경찰서로 간다.

3장

:

변한 건 하나도 없는데
모든 게 변했다

옛날

그래, 행복한 날도 있었다.

그런 날을 동화 같은 날이라고 부르자.

옛날 옛적에, 사실은 얼마 전에, 이 도시에 영웅이 (난 언제나 영웅이 되고 싶었다) 살고 있었다. 영웅은 이 도시에서 태어나 이 도시를 너무나 사랑한 나머지 다른 어느 곳에도 가지 않으려고 했다.

영웅은 도시의 느낌을 사랑했다. 사람이 가득한 인도를 걸어가다가 보면 힘이 생겨나는 것도 좋았다.

영웅은 도시의 냄새를 사랑했다. 한 쪽 모퉁이에선 피자 냄새, 다음 모퉁이에선 샌드위치와 프랑스식 파스트리

빵 냄새. 중국 식당 앞에서는 중국 음식을 먹을 것인가 아니면 열차를 타고 케이보이가 쫓겨난 자메이카 식당으로 갈 것인가 망설이기도 했다.

영웅은 아침엔 깨워주고 밤이면 재워주는 다양한 소리를 사랑했다. 그래서 이 도시를 떠나 다른 곳으로 가면, 다른 마을 혹은 다른 나라에 가면, 도시의 소음이 너무나 그리웠다.

구급차가 울어대고 술집에서 나온 사람들이 소리치는 거리의 소음이 없으면 잠을 이룰 수 없었다.

영웅은 아침 이른 시각에 동네 식당마다 늘어선 배달 트럭, 그리고 착암기와 경적 소리가 너무나 익숙했다. 그리고 지하철로 뛰어가는 아이들 소리, 택시가 경적을 울리며 끼익 멈추는 소리를 사랑했다.

동화 이야기에는 어떤 형태로든 괴물이 나와야 하지만 나는 이번 이야기에 괴물을 넣지 않기로 결정했다. 아주 완벽한 날이기 때문에 괴물이 마법의 성을 기어올라 거리를 미친 듯 내달리며 불을 내뿜고 피자 체인점과 핫도그 판매대를 부수는 장면은 없어도 된다.

어떤 형태의 괴물이든 아이에겐 함께 어울리며 도와줄

친구가 있으며 그래서 괴물 자신은 결국 아무 쓸모도 없게 된다는 사실을 알고 있어야 한다.

동화에 나오는 친구는 멍청이나 바보일 수도 있고 멍청한 바보처럼 구는 영웅을 힘들게 할 수도 있지만 항상 그 옆을 떠나지 않는다. 상황이 정말 힘들게 변해도 마찬가지다. 항상 그 자리를 지킨다.

이제는 공주.

커다란 어려움을 겪고 있다.

첼시의 어떤 성에 앉아 있다.

본성은 나쁘지 않지만 최근에 나쁜 짓을 일삼는 왕실 가족이 공주를 억압하고 있다. 영웅은 공주를 구하러 간다.

이곳에는 백마가 없다.

하지만 지하철 승차권이 있다.

영웅은 친구들을 밖에 기다리게 하고 혼자서 성으로 올라간다. 공주의 부모는 친구네 집에 가서 아침 겸 점심 식사를 하고 있다. 그래서 그곳에는 공주만 있다. 입구를 지키는 엄마 용도 없다. 문을 여는 것도 그다지 어렵지 않다.

공주는 온통 검은 옷차림에 짙은 안경을 쓰고 빙그레

웃는다. 이제 왕실 침실에 더 이상 머물 필요가 없기 때문
이다. 왕실 주치의는 지나친 스트레스를 삼가고 혈압을
조심하라고 말할 뿐이다.

영웅은 공주와 함께 엘리베이터를 타고 내려가서 친구
들이 기다리는 거리로 나가, 도시 왕국으로 들어가서 정
말 즐거운 시간을 보낸다.

그들은 마법의 숲으로 가서 스케이트나 스케이트보드
등을 타며 즐겁게 지내는 사람들을 구경하면서 재미있게
웃고 얘기도 나누고 책도 읽고 음식도 먹고 키스도 하고
껴안기도 하고 비명도 지른다. 마법의 숲은 왕국을 관통
하는 완벽한 공간이다.

심지어 마법의 숲에는 성까지 있다. 그들은 성에 둘러
앉아 팝콘과 피자를 먹고 음료수를 마신다. 영웅은 공주
가 있어서 행복하다. 햇살이 공주가 웃는 얼굴과 곱슬머
리를 환하게 비춘다.

친구들은 사람들과 재미있는 이야기를 나누고 움직이
는 모든 것을 바라보며 즐거워한다. 그렇게 많은 시간을
보낸다. 그리고 마법의 숲을 여기저기 뛰어다녀서 공주에
게 다양한 음식을 갖다준다.

심지어 어떤 친구는 제일 멋있을 거라고 장담하며 돌멩이 하나를 가져온다.

그는 공주에게 그걸 주며 이렇게 말한다.

"공주님, 비록 엘비스는 아니지만 이걸 종이 위에 올려놓고 내가 좋아하는 걸 떠올려 주오."

공주가 말한다.

"난 네가 좋아하는 게 뭔지 몰라."

"그렇다면?"

"그렇다면 네가 지니고 있어야 하는 거 아냐?"

"난 필요 없어요."

공주는 비스킷 하나를 더 먹으며 웃는다.

"하지만 이건 당신이 제일 좋아하는 것처럼 보여."

절친한 친구가 말한다.

"맞아요, 하지만 난 그걸 당신한테 주고 싶어요."

그래서 공주가 말한다.

"하지만 공원에서 돌멩이를 주워가면 안 되잖아."

그리고 풀밭 서편에 있는 숲으로 돌멩이를 던진다. 나는 공주의 팔이 아주 튼튼하다는 사실을 깜빡 잊고 있었다.

공주는 다시 자리에 앉아서 영웅한테 몸을 기댄다. 그

리고 금방 잠을 잔다. 영웅은 자신의 재킷으로 공주를 덮어준다.

이건 동화이기 때문에 영웅은 친구들과 함께 바닥에 누워서 자신들이 싸워서 이긴 다양한 전투와 다양한 구경거리에 대해 이야기한다.

동화에는 용이 많이 나온다.

공주도 많다.

그들은 수없이 많은 해자를 헤엄쳐서 건넜으며 많은 잔치를 벌였다. 그들은 거의 모든 걸 함께 해냈다. 옛날 옛적의 왕국에서는 그들 모두 의형제가 되었으며 의형제는 누구나 그렇게 하는 법이기 때문이다. 이곳처럼 커다란 왕국에서는, 동화처럼 펼쳐지는 행복한 날에는 특히 그런 법이기 때문이다.

현재

나한테는 휴식이 필요하다.

나를 데려온 경찰이 전화를 하면서 할 일이 전혀 없는 것처럼 서류철을 넘기다가 서류 한 장을 천천히 훑어본다.

우리는 타일이 붙은 계단을 올라가서 회색 벽을 지나 대기실로 들어간다.

경찰관이 의자를 가리키며 말한다.

"앉아라, 꼬마."

나는 앉는다.

맞은편 창문 위에 걸려있는 시계를 보니까 속이 뒤집히는 것 같다. 오후 일곱 시 삼십 분. 코코 아줌마는 엄마한테 속을 끓이고 엄마는 사방에 전화를 해대고 있을 게 분명하다.

지금 즈음이면 우리 아빠는 내가 차가운 시체로 변해서 쓰레기통에 들어있는 상상을 하고 있을 거다. 아빠의 상상은 무엇이든 이런 식으로 펼쳐진다. 정말 나쁜 꿈으로 시작해서 무시무시한 악몽으로 변하는 것이다.

그런데 누군가가 야간 재판정에 대해 말하면서 부모와 연락이 될 때까지 나를 유치장에 넣어둔다.

회색 유치장에서는 역겨운 냄새가 난다. 방금 전에 누군가가 그곳에다 토한 게 분명하다. 그곳에서 내가 생각할 수 있는 건 우리 아기밖에 없다. 여기에서 나간다 해도 아기 할머니한테 맞아죽지 않으면 다행이란 생각이 든다.

다른 한편으로는 경찰서에서 질질 끌려나가 아주 위험하고 나쁜 짓을 저지른 죄수처럼 취급받게 되는 건 아닌가 몹시 두렵다.

경찰은 나이어린 예술가를 잡아넣는 것 말고는 할 일이 없나? 이렇게 묻고 싶지만 나는 가만히 있는다. 모든 사람이 그래야 한다고 말하기 때문이다.

아무튼 경찰은 나한테 우리 엄마처럼 심하게 대할 수

없으며, 엄마는 지금 나한테 손을 댈 필요가 없다. 엄마는 엄마 배지를 달고 심각한 표정으로 팔짱을 낀 채 이리저리 걸어다니기만 하면 충분하다.

큰일이다.

엄마한테는 원칙이 있다. 나쁜 짓은 용납하지 않는다. 학교에 빠지고 거리에 낙서를 하다가 체포되고 새털을 코코 아줌마에게 맡기는 짓이 여기에 해당된다.

외할아버지와 외할머니 모두가 심한 알코올 중독이었다. 그래서 엄마는 그런 미친 짓을 용납하지 않는다. 교회 지하층이나 학교 식당에서 모임이 있을 때마다 엄마는 우리 형제를 질질 끌고다녔다. 엄마는 나와 두 형이 종이봉지에 술병을 넣고 거리를 돌아다니는 일이 없도록 대비하고 싶었던 것이다.

나는 아빠한테만 전화를 건다. 아빠는 식당에 있으며, 엄마처럼 심하게 화내지 않을 게 분명하다. 최소한 아빠는 그렇지 않을 게 분명하다.

오후 여덟 시 사십오 분.

코코 아줌마한테 아기를 맡긴 게 벌써 열네 시간 전이다. 그런데 계속 이곳에 갇혀있다. 나는 누구든 찾아와서 꺼내주기만 기다린다. 그러면 모든 것이 얼마나 엉망진창이 되었는지 알 수 있을 터이다.

아빠는 경찰서에서는 나한테 아무 말도 안 했다. 하지만 택시에 올라탄 다음에 묻는다.

"밥은 먹었니?"

"아뇨."

내가 대답한다. 그리고 택시 창문으로 떨어지는 빗방울을 정말 흥미진진한 표정으로 쳐다보려고 애쓴다.

"아무 데나 들러서 먹을 걸 살까?"

"배고프지 않아요, 아빠."

내가 울먹인다.

"마지막으로 식사를 한 게 몇 시니?"

아빠가 묻는다. 경찰서가 아니라 점심을 못 먹고 쓰러져 병원에 들어간 아들을 데리고 나오는 것처럼 진짜 걱정스런 표정이다.

아빠는 언제나 이런 식이다.

그래서 엄마도 만일 아빠가 요리하는 음식만 군말 없이 먹었다면 아마 두 사람은 지금까지 결혼 생활을 계속하고 있을 거라고 말한다.

어쨌거나.

이제 비가 거세게 내린다.

"집이 엉망이겠구나, 바비."

나는 다시 속이 뒤집히는 것 같다.

"네가 브루클린에다 못 간다는 전화를 안 해서 보모가 굉장히 불안해했어. 나한테 보낸 메시지가 아마 스무 통은 넘을 거야."

"제기랄."

"그리고 코코 아줌마는 아무리 전화를 걸어도 네가 휴대폰을 받지 않아서……. 너도 알다시피, 아기를 데리고 있는 사람이 언제라도 연락할 수 있도록 내가 너한테 휴대폰을 주었는데……."

"알아요, 아빠. 알아요. 배터리가 떨어지는 생각을 못한 것뿐이에요."

아빠는 나 때문에 슬픈 표정이다. 하지만 내가 착각한 게 분명하다. 아빠가 곧이어 이렇게 말했기 때문이다.

"오늘 너는 정말 심각한 실수를 저질렀어. 코코 아줌마는 엄마와 연락이 되지 않았고 나는 거의 하루 종일 식당

에 없었단다. 그래서 아줌마가 경찰서에 전화를 걸려던
참이었어."

"제기랄."

나는 중얼거리며 좌석에 앉은 몸을 최대한 밑으로 낮춘
다. 어두운 택시에서 나를 뚫어져라 쳐다보는 아빠의 시
선이 느껴지기 때문이다.

"죄송합니다."

"애야, 오늘 밤에는 사과할 일이 정말 많을 거야."

"예, 그렇겠지요. 하지만 지금 당장은 집에 가자마자 침
대로 들어가서 이틀 동안 계속 잠이나 자고 싶은 마음뿐
이에요."

아빠는 고개를 다른 곳으로 돌린다.

"아마 잠잘 시간이 없을 게다. 잔뜩 화난 엄마와 실망한
이웃 아줌마가 기다리고 있을 테니까. 각오는 되었니?"

"예."

나는 대답하고 좌석에 더 낮게 앉는다.

자리에 앉으면 아빠 어깨는 내 어깨와 높이가 비슷하
다. 하지만 다리는 내가 길다. 아빠 얼굴은 다정하고 잘
웃지만 지금은 예전처럼 웃지 않는다. 그동안 내가 아빠

의 웃음을 많이 빼앗아갔다는 생각이 든다.

배는 꼬르륵거리고 집에서는 엄마가 단단히 화난 표정으로 혼낼 준비를 하며 기다리고 있지만 지금 당장은 내가 아빠의 미소는 물론이고 아빠가 결코 말하지 않을 훨씬 중요한 것까지 빼앗아갔다는 생각 때문에 기분이 아주 우울하다.

택시가 우리 아파트에 들어선다.

나는 삼층 창문을 올려다본다. 창가에 엄마의 윤곽이 비친다. 엄마가 새털을 안고 있다.

아빠는 나와 함께 들어가지 않는다.

나는 새털을 어떻게 재울까, 그리고 두 시간 후에는 깨어나서 안아달라고 얼마나 보챌까 생각한다. 계단을 올라갈 때에도 아기를 안아줄 생각을 한다. 그런데 어쩌면 내가 아기를 안아주는 게 아니라 내가 아기한테 매달리는 거라는 생각이 든다.

옛날

케이보이가 잠결에 웃기 시작하더니, 발을 내차며 깨어날 기세다. 꿈에서 너무 우스운 걸 보고 머리를 이리저리 흔들며 배꼽을 잡고 웃는 중인 것 같다.

케이보이는 잠잘 때 언제나 웃는다. 하지만 J.L.은 전혀 움직이지 않는다. 잠을 잔 자리에서 움직이지 않고 자다가 아침이면 그 자리에서 그대로 깨어난다.

유치원 다닐 때 함께 낮잠을 잤기 때문에 나는 두 친구가 잠자는 습관을 알고 있다. 우리 셋은 쉽게 잠을 이루지 못했다. 하지만 지금은 모두 잠을 자고 있다.

우리는 밤늦도록 자지 않았다. 우선은 쇼핑몰에서 서성

이다가 주인한테 집으로 가라는 말을 들으며 쫓겨나면 케이보이네 건물 지붕에 올라가서 새로 산 CD를 틀었고, 나중에 근처에 사는 아줌마가 지금 당장 음악 소리를 줄이지 않으면 경찰을 부르겠다고 소리치기 시작했다.

우리는 꿈쩍도 안 했고 아줌마는 마침내 지붕까지 올라왔다.

그런데 아줌마가 너무 험악해서 우리는 그곳을 떠나 우리 집으로 갔다. 그날 밤에 엄마가 집을 비웠기 때문이다. 집으로 가면 냉장고에 있는 음식도 모두 먹을 수 있고, 그래도 배가 고프면 태국 음식도 주문할 수 있었다.

나는 배를 가득 채우고 돼지처럼 자는데 갑자기 전화가 울리기 시작한다.

"여보세요."

나는 전화기를 들고 대답하며 케이보이의 발을 치워 침대 밑에서 굴러다니는 물병을 집어든다.

니아의 졸린 목소리가 수화기에서 흘러나온다.

"나야. 어젯밤에 뭐했어?"

"케이보이랑 J.L.과 놀았어."

니아가 통화를 하면서 무언가를 먹기 시작한다. 그리고

정말 커다랗게 트림을 한다.

"저런, 니아. 기분 나쁜 일이 있니?"

"그래, 있어. 몸이 집채만큼 커다랗게 변하고 그 안에 생명체가 살고 있다면 트림이 아니라 더 역겨운 소리도 나올 수 있어."

"그래, 그런 느낌을 나한테 알려줘서 고마워."

"이 지랄 같은 느낌 전체를 너한테 알려주고 싶은 마음이야. 그래, 발목이 붓는 거랑 등이 아픈 느낌도 알려줄까?"

"아니, 괜찮아."

니아가 서서히 발동을 건다. 숨을 깊이 들이쉬는 걸 보면 알 수 있다.

"치질이나 오줌이 계속 나오는 느낌은 어때? 평범한 냄새에도 구역질이 나고 책을 보다가 자신도 모르게 잠이 드는 건?"

"아니야, 괜찮아."

내가 대답한다. 하지만 나는 더 이상 농담이 아니란 사실을 깨닫는다. 니아의 목소리가 점차 높아지고 있기 때문이다. 전화선을 비비 꼬고 다리를 떠는 모습이 눈에 보이는 것 같다.

나는 방을 떠나 거실로 나온다. 엄마 방으로 이어진 벽에 몸을 기대고 있는데, 니아가 운다. 이런 일이 갑자기 늘었지만 나는 아직도 이게 익숙하지 않다.

내가 속삭인다.

"미안해, 니아. 모든 게 엉망으로 되어서 정말 미안해. 이런 일이 생길 줄은 정말 몰랐어."

"나도 마찬가지야."

"내 잘못이야."

아무 말이 없다.

"인정할 수 있어. 내가 멍청했어."

니아가 전화를 끊었다는 생각이 들기 시작한다. 내 방에서 J.L.과 케이보이가 깨어나는 소리가 들린다. 일요일 아침 열 시에 틀기엔 너무 커다란 음악소리가 흘러나온다.

"야! 소리 줄여."

나는 아무한테든 그걸 튼 사람에게 소리친다. 친구들이 소리를 줄인다.

"니아."

대답이 없다.

"니아."

니아의 목소리가 부드럽고 나지막하게 흘러나온다.

"우리 엄마 아빠가 나한테 조지아에 있는 할머니 댁으로 가라고 말씀하셔. 거기에 가면 스트레스 받을 일이 별로 없을 거래."

난 울고 싶다. 요즘에는 정말 많이 울고 싶다. 그래서 실제로 울기도 한다. 그럴 때마다 미칠 것 같다.

"의사 선생님은 나한테 아직까지 혈압이 너무 높다고 해. 학교도 그렇고 모든 게 짜증스러워. 집에서 개인지도를 받게 될 것 같아."

"뉴욕에서 조지아에서?"

"어디에서든, 바비."

케이보이가 거리에 있는 누군가를 발견한 모양이다. 창문이 올라가고 케이보이가 밑에다 소리를 치면서 웃는 소리가 들리기 때문이다.

변한 건 하나도 없는데 모든 게 변했다. 케이보이가 누구한테든 소리를 치는 건 예전 그대로이다. J.L.이 아침으로 무얼 먹을까 투덜대는 소리가 들린다. 하지만 니아가 멀리 떠나는 이야기를 하고 있다. 떠나는 것 자체가 중요한 게 아니다. 지금 니아는 모든 게 변했다는 말을 하고 있는 것이다.

"바비."

"응."

"너는 내가 가길 바라니?"

음악이 조금씩 커지고 있다. 케이보이가 제일 먼저 올려놓은 랩을 들어내고 테크노를 올려놓는다. 나는 기분이 약간 좋아져서 말한다.

"가지 마, 알았지? 떠나지 마."

니아가 말한다.

"이따가 피자나 먹으러 갈까? 먹고 싶다면 너는 앤초비를 먹도록 해."

"그거 좋지."

"나도 좋아, 바비. 이따가 보자."

나는 아침을 준비하러 주방으로 들어간다. 아직까지는 바뀐 게 없는 것 같다. 하지만 나는 벌써 니아가 그립다.

현재

아기의 눈은 지금까지 내가 본 눈 가운데에서 가장 맑다.

때때로 아기가 나를 안다는 표정으로 바라본다. 나를 원래부터 알고 있을 뿐 아니라 내 머릿속 생각까지 다 안다는 표정이다. 아기가 나를 바라보는 표정이 겁난다.

그리고 아기는 아주 새롭다. 이 땅에 태어난 게 불과 몇 개월 전이다. 최근엔 내가 나이를 먹는다는 느낌이 자주 든다.

새벽 세 시 반에 일어나서 기저귀를 갈아주고 잠옷을 다시 입히자마자 또 소변을 보고 그래서 또 다시 기저귀를 갈아줄 때면 내가 나이를 먹은 느낌이 든다.

아기를 유모차에 태워서 쇼핑몰로 산책을 나가 아기를 테이블 옆에 놓아두고 피자 몇 조각을 먹으며 몇 주일 동안 못 읽은 만화책을 들고 있노라면 내가 나이를 먹은 느낌이 든다.

지하철에서 아기를 안고 있을 때 어떤 아줌마가 아기한테 그렇게 잘 하는 걸 보면 참 좋은 오빠라고 말하면 나는 정말 나이를 먹은 느낌이 든다. 심지어 등이 휜 것 같은 느낌까지 든다.

가끔은 청소년 기분을 느끼고 싶을 때가 있다. 한번은 집으로 돌아오는 길에 아기가 여동생인 척했다. 그래서 아줌마에게 빙그레 웃으면서 이렇게 말하기도 했다.

"네, 애기는 우리 동생인데 참 순해요."

"애기가 우리 형제를 꼭 닮았어요."

"엄마를 돕고 싶어서 아기를 봐주는 거예요."

이런 일이 생길 때마다 나이를 먹은 느낌이 든다 해도, 나는 기저귀를 갈아주고, 밥을 먹다가도 아기가 울면 안아주고, 열차 맞은편에 앉은 아줌마한테 내 아기라고 말한다.

그런 다음에는 아기한테 키스하고 나에 대한 모든 걸

알고 있는 맑은 눈을 들여다보며 훌륭한 아빠가 되어야
한다는 각오를 다진다.

옛날

"춤추지 않을래, 바비?"

"그래, 조금만 기다려."

머리가 아프다. 예전에는 음악소리 때문에 머리가 아픈 적이 없다. 너무, 너무 시끄럽다. 음악 소리에 벽이 들썩인다. 괜찮은 파티라는 생각이 든다.

제스의 부모님이 주말여행을 떠난 터라 학교 아이들 대부분이 이 집에 있다. 아니, 학교 아이들보다 더 많은 숫자가 몰려든 것 같다.

니아가 몸을 기대고 내 귀에다 소리친다.

"이제 됐어, 바비?"

니아가 아직까지 춤추고 싶어 하는 걸 나는 멋있다고 생각한다. 니아는 춤추는 모습이 예쁘다. 하지만 니아가 춤을 너무 많이 추었다는 생각이 든다. 수많은 사람과 쉴 새 없이 추었기 때문이다.

니아와 케이보이는 밤새도록 앉아본 적이 없다.

어떤 여자애가 내 발에 걸려서 내 옆에 있는 소파로 넘어지면서 내 옷에 음료수를 엎지른다. 지금까지 파티에 참석할 때마다 어떤 식으로든 내 옷에 음식이나 음료수를 엎지르지 않은 적은 한 번도 없는 것 같다.

그렇지만 괜찮다.

나는 아이들이 춤추고, 웃고, 떠들어대고, 과자를 입에 집어넣는 광경을 구경한다. 난 이방인 같은 기분이 든다. 내가 없어도 파티는 신나게 진행된다. 그들 모두가 지금까지 오랫동안 알고 지내던 아이들이다. 그런데 전혀 모르는 아이들처럼 느껴진다.

그런데 니아가 내 손을 잡아당겨, 우리는 무리에 끼어서 춤을 춘다. 한 아이가 꽃병을 깨뜨리곤 부엌에 있는 정말 커다란 화분 뒤에 숨기려 애쓰고 있다.

나라면 이 아이들 절반도 우리 아파트에 못 들어오게

할 텐데 제스는 전혀 속 끓이지 않는다. 구석진 곳에서 그린과 J.L.이 말하는 소리를 들으며 머리를 흔들고 있을 뿐이다. 그러다가 어깨를 으쓱하곤 다른 친구와 춤추러 나오는 걸 보면 파티를 열어본 경험이 굉장히 많은 것으로 보인다.

제스가 니아에게 손을 흔들며 커다랗게 소리친다.

"성년 파티 이후 이곳에 이렇게 많은 사람이 몰려든 건 처음이야. 싸우는 사람은 적고."

니아가 낄낄거리고 웃으며 똑같이 소리치기 시작한다.

"그래, 싸우는 사람이 적은 건 분명해."

그런 다음에 나한테 소리친다.

"저 애 삼촌 둘이 부엌에서 심하게 싸웠어. 그래서 결국에는 숙모가 술잔을 던지고 너무 화가 난 저 애 엄마는 파티 담당자한테 술잔을 던졌어."

"볼만 했어?"

"그럼, 너도 보면 정말 재미있었을 거야."

그리고 니아가 웃는다. 그 모습을 보니, 내가 항상 니아를 생각하는 이유가 떠오른다.

테크노와 랩, 그리고 테크노가 번갈아 나오지만 우리는

춤을 천천히 춘다. 니아가 이제 지쳐 보인다. 조금만 빠르게 춰도 뻗을 것 같다.

나는 니아의 손을 잡고 문 쪽으로 끌어당긴다. 담배 연기가 견딜 수 없게 느껴지기 시작한다. 우리는 거실을 지나서 계단으로 간다. 이웃에 사는 사람이 엘리베이터에서 내려 음식물 카트를 잡아당기다가 동작을 멈추고 파티 소리에 귀를 기울인다. 그러다가 나와 니아한테 고약한 시선을 던진 다음에 자기 아파트로 들어간다.

내가 문을 닫는 소리가 울린다. 우리는 녹색 타일을 붙인 계단에 앉는다. 니아가 나한테 몸을 기댄다. 그런데 잠시 후에 니아가 잠을 잔다는 생각이 든다. 내가 숨을 쉬는 박자 그대로 니아가 숨을 들이마시고 내쉬기 시작한다. 니아가 너무 조용하게 있다가 갑자기 "그래, 앞으로 어떻게 하면 좋을까, 바비?" 하고 말할 때에 난 깜짝 놀란다.

"뭘?"

니아가 자기 배에 내 손을 올려놓자 아기가 발길질을 한다. 아기도 깜짝 놀랐나 보다.

나는 대답을 못한다. 앞으로 어떻게 해야 좋을지 모르기 때문이다. 앞으로 일어날 일에 대해 생각하고 있지만 아무 느낌도 떠오르지 않는다.

나는 아기가 진짜 태어난다는 걸 상상할 수가 없다.

니아 엄마 아빠가 있는 집으로 찾아가 두 분이 지켜보는 앞에서 식은땀을 흘리고 복통에 시달리며 아기를 안고 있는 장면을 상상할 수가 없다. 지금도 나는 니아를 만나러 그 집에 갈 때마다 두 분이 없다는 걸 먼저 확인한다.

기저귀를 갈거나 아기에게 우유 먹이는 장면도 상상할 수가 없다. 전에 그런 걸 해본 적이 한 번도 없기 때문이다. 난 우리 집에서 막내다. 다른 사람이 나한테 우유도 먹이고 기저귀를 갈아주었지 내가 그런 적은 없다.

내가 말한다.

"괜찮을 거야. 우리 엄마 아빠가 도와주실 거야."

"그래, 나도 알아. 하지만 결국에는 우리 둘이 책임져야 해."

"그거야 지금도 마찬가지잖아."

니아가 다시 몸을 기댄다.

"나는 그런 거 하고 싶지 않아."

"그런 거?"

"누군가의 엄마가 되는 거. 난 아직까지 어린 시절을 마치지 않았어. 나는 아직 너무 어려, 너도 그렇고."

"이제 선택의 여지가 없어."

니아가 일어나서 문 쪽으로 걸어간다.

"우리 엄마가 다른 사람한테 양자로 주자는 말을 하셨어. 하지만 그렇게 하면 너무 괴로울 것 같아. 내가 낳은 아이를 매일 지나치면서 알아보지 못할 수도 있는 거잖아. 그런데 대학은 어쩌지? 그러면 아기는?"

나는 일어나서 두 팔로 니아를 안는다. 아주 오랫동안 기다리며 내린 결정이기 때문이다. 우리 역시 그런 상황을 마주치고 싶지 않았지만 지금 그 모든 상황이 바로 우리 앞에서 기다리고 있다. 이제 더 이상 피할 수 없다. 정면으로 대처하는 수밖에 없다. 우리가 아무리 피하려고 애써도 일어날 수밖에 없기 때문이다.

니아는 사람들한테 자신을 있는 그대로 받아들여 달라고 말한다.

나는 니아를 언제나 있는 그대로 받아들인다.

지금도 똑같다.

니아가 문을 연다. 하지만 얼굴로 몰려드는 담배 연기 때문에 멈칫한다. 파티가 훨씬 더 소란스럽게 변하고 있다.

니아가 다시 나한테 다가온다.

"춤출래, 바비?"

난 그렇게 한다.

4장

:
:

아가야,
천국에 대해 듣고 싶니?

현재

폴 형이 새털을 안고 있다. 새털은 두 팔을 아래위로 흔들어대며 폴 형한테 예쁜 아기 잇몸을 드러내고 웃는다.

폴 형은 누구에게나 상냥하다.

폴 형의 두 아이, 닉과 노라는 (형은 자신이 가장 좋아하는 영화의 등장인물에서 아이들 이름을 따왔다) 바닥을 계속 기어 다니면서 엄마 품에 들어갔다 나오기를 반복한다. 아빠는 부엌에서 멕시코 요리 파히타스를 만들고 있다. 나는 눈을 감는다면 바로 이게 예전에 우리가 살던 모습 그대로라는 걸 떠올릴 수 있을 것 같다.

폴 형도 그런 생각을 하는 것 같다. 형이 나를 쳐다보며 웃기 때문이다. 나는 형이 우리 집에 오는 걸 좋아한다. 외롭다는 느낌이 갑자기 사라진다.

"어휴, 귀여워."

형이 말하곤, 팔을 바꿔서 안는다. 새털은 계속해서 즐거운 아기 소리를 내고 있다. 닉과 노라는 자기네 아빠 쪽으로 올 때마다 아기 얼굴과 머리 여기저기에 뽀뽀하기 시작한다. 평상시에는 이럴 때마다 새털이 비명을 지른다. 그러나 지금은 몸을 젖히고 깔깔거리며 좋아한다.

"응, 아주 귀여운 아기야."

"아기가 많이 힘들게 하니?"

나는 새털의 발을 잡아당긴다. 맨발이다. 건너편에서는 엄마가 소파에 놓여있는 아기 양말을 계속 쳐다보고 있다.

"다 그렇지 뭐. 아기니까 당연히 똥오줌을 많이 싸고 밤에 안 자고 아주 까다롭게 굴고……."

폴 형이 새털에게 노래를 불러주는 닉과 노라를 바라본다.

"처음엔 누구나 그래. 하지만 조금만 참으면 돼."

"정말이야?"

"응, 지금이 아마 제일 어려울 거야, 바비. 하지만 점차 좋아져. 기어다니는 것도 그렇고 걸음마라도 시작하면 정말 행복해. 그러다가 아기가 부모 품에서 조금씩 벗어나 세상을 향해 나아가면 서운한 생각이 드는 거야."

나는 이 말에 어깨를 으쓱할 뿐이다. 아기가 심하게 설사한 기저귀를 갈아주는 것보다는 아이가 학교 숙제 하는 걸 도와주는 편이 훨씬 행복할 거란 생각을 새벽 두 시에 한 적이 있기 때문이다.

노라가 내 무릎으로 기어올라서 나를 쳐다보며 웃는다. 노라는 얼굴이 폴 형을 빼닮았다. 커다란 키에 마른 체격, 검은 눈동자가 항상 웃는 것까지 닮았다. 하지만 닉은 누굴 닮았는지 모르겠다. 우리 집에 온 이후 지금까지 단 한 번도 가만히 앉아있은 적이 없기 때문이다.

엄마는 차에 너무 오랫동안 가만히 앉아있어서 그런 것 같다고 말한다.

폴 형은 차에 너무 오랫동안 가만히 앉아있던 사람은 바로 자신이라고 말한다.

나는 닉이 단 한 번도 가만히 앉아있지 않는데 지금 그런 말을 해서 무슨 소용이 있냐고 말한다.

하지만 나는 닉이 좋다. 말을 잘 안 듣기 때문이다. 노라는 착해서 누구나 좋아할 타입이다. 하지만 나는 두 아이를 모두 좋아한다.

닉은 미운 일곱 살이다. 지옥에서 온 것 같다. 하지만 좋은 지옥이다. 그곳에서는 하루 종일 음악을 틀어놓고 세상사람 모두를 괴롭히지만 그래도 그때가 좋은 시절이다.

"왜 그래, 닉?"

닉이 웃으면서 노라를 꼬집고 – 노라는 그걸 무시한다 – 자신이 이틀 전에 아빠가 싱크대를 고치는 걸 도와주었다고 나한테 말한다.

"어떻게 도와주는데?"

"아빠가 이제 늦었으니까 싱크대에 오렌지 주스를 버리지 말라고 말할 때까지는 괜찮았어요."

폴 형이 얼굴을 찡그린다.

"파이프를 다 빼놓았거든. 오렌지 주스가 눈에 들어가면 얼마나 따갑겠어? 그런데 오렌지 주스로 목욕까지 하고 말았으니……."

아빠가 부엌에서 웃기 시작한다. 엄마도 아주 재미있다

고 생각한다. 나는 두 분이 닉과 살지 않기 때문에 저렇게 재미있어 하는 거라고, 그래서 닉이 말썽을 부리는 것까지도 좋아하는 거라고 생각한다.

폴 형이 두 분을 바라보고 머리를 흔들면서 말한다.

"저건 일종의 복수심이야. 내가 어릴 때 그래서 두 분이 많이 힘들어 하셨거든."

"그럼 나는 더 큰 일이군."

나는 새털을 쳐다본다. 새털은 금방이라도 웃을 것 같은 표정이다. 나는 앞으로 크게 당할 거란 생각을 한다. 나 때문에 엄마와 아빠 모두 지난 일 년을 지옥처럼 보냈기 때문이다.

폴 형이 웃는다.

"앞 일이 끔찍해?"

"당연하지."

"끔찍할 거 없어. 비록 네가 아직 어린 건 사실이지만 그래도 괜찮을 거야."

"무슨 말인지 알아."

폴 형이 날 안타까운 표정으로 쳐다본다. 형은 내가 니아를 임신시켰다는 사실을 듣고서 상투적으로 말하지 않은 유일한 사람이다. 그때에도 형하고 대화를 나눈 다음에 마음이 약간 풀렸다. 내가 알아야 할 내용을 알려주는 사람은 형밖에 없었다. 정확한 내용은 기억나지 않지만 형이 하는 말을 듣고 난 기분이 좋았다.

"산책이나 갈까, 바비?"

나는 고개를 끄덕이며 새털을 안고서 함께 나갈 채비를 갖추기 시작한다. 그런데 엄마가 다가와서 새털을 받아들며 말한다.

"아이들은 아빠와 내가 보고 있을 테니까 너희 둘이 나가서 오후 시간을 즐기고 들어오도록 하렴."

나는 커다란 충격을 받는다. 새털이 이 집에 들어온 후 엄마가 나한테 그렇게 말하거나 행동한 적은 단 한 번도 없기 때문이다. 그런데 지금 나를 쳐다보는 시선은 이제 막 걸음마를 배워서 아장아장 걸어온 아기라도 바라보는 표정이 아닌가!

어쩌면 진짜 그럴 수도 있겠다는 생각이 들었다.

형은 지금 살고 있는 오하이오의 조그만 마을에 대한 이야기를 하고 나는 그 이야기를 들으며 정신없이 웃고 있다. 형은 에리 호수 근처의 '천국'이라는 마을에 산다. 아내 멜라니와 이혼한 다음에 아이들과 가까이 지내기 위해서 그곳으로 이사를 했다.

형이 말한다.

"난 내가 정말 그런 조그만 마을에서 살 수 있으리란 생각은 한 번도 못했어."

우리는 모퉁이에서 비스킷을 사들고 영화관을 향해 걸어간다.

내가 말한다.

"난 언제나 조그만 마을에 사는 게 꿈이야. 푸른 풀밭과 개울, 이리저리 거니는 소. 그러면 완벽할 것 같아. 내가 새털을 데리고 브루클린으로 돌아가 아빠랑 살 예정이라서 특히 더한 것 같아. 이번에는 아빠 차례야. 어쨌든 이곳 사람들이 보고 싶을 거야."

"무슨 일 있어? 브루클린으로 돌아가는 이유가 뭐야?"

"그럴 일이 있었어. 학교도 빠지고 모든 게 엉망이 되었어. 보모, 경찰관, 기타 등등, 기타 등등. 엄마는 출장을 너무 많이 다녀. 그래서 아빠가 나를 좀더 철저하게 감시할 필요가 있다고 생각하신 거야. 형도 알다시피, 아기가 있다고 해서 아이가 어른으로 바뀌는 건 아니니까."

우리는 체육관 운동장 벤치에 앉아서 비스킷을 먹으며 아이들을 구경한다.

그냥 조용히 앉아있다.

마침내 폴 형이 입을 연다.

"내년에 대학은 어쩔 거니? 대학에 들어가지 않으면 열여섯 살에 졸업해서 과연 무엇을 할 수 있겠니?"

"일 년 동안 아르바이트를 해서 돈부터 모을 생각이야."

"너한테는 새털과 보낼 시간이 더 많아야 할 거야."

나는 형을, 그 다음에는 운동장에서 이리저리 뛰어다니며 고함을 질러대는 아이들을 바라본다. 언젠가는 새털이 저 아이들처럼 놀고, 나는 벤치에 앉아서 지켜보며 걱정도 하고 즐거워도 하고 열을 내기도 하고 소리를 치기도 하고 웃기도 하겠지. 그러면서 새털이 노는 모습을 지켜보겠지.

예전부터 알고 있었지만 이제 비로소 분명히 알겠다는 어투로 내가 말한다.

"나는 지금까지 만난 그 누구보다도 새털을 사랑해. 이렇게 친근한 느낌은 처음이야."

형이 아이들한테 공을 천천히 던지며 말한다.

"그렇겠지, 그렇고말고."

옛날

　사무실 벽 여기저기에서 아기와 어린이들, 그리고 어른들이 서로를 포옹하고 빙그레 웃으며 좋아한다. 나는 니아의 손을 잡고 있다. 니아는 하루 종일 아픈 등 때문에 시달리고 나는 피자를 주면서 달래려고 애썼지만 신음소리는 더욱 커질 뿐이다.

　니아의 엄마와 우리 아빠는 우리 뒤에 앉아있다. 고개를 돌려서 아빠의 얼굴을 쳐다볼 생각은 없다. 택시에서 보았을 때 아빠가 약간 상기된 표정이었다.

　니아의 엄마가 가끔씩 허리를 굽혀서 니아의 등을 문지른다. 내가 보기에는 그렇게 해도 니아는 기분이 좋아지는 것 같지 않다. 니아 엄마가 손을 댈 때마다 니아는 얻어맞은 사람처럼 깜짝 놀란다.

하지만 그건 반사작용일 뿐이다.

아기를 포기하면 우리는 모든 걸 할 수 있다. 대학도 가고 봄 방학 때 여행도 가고 파티에도 참석하고, 쉬는 날이면 두 형이 그런 것처럼 세탁물을 집으로 가져오고 그래서 캐비닛과 냉장고에 들어있는 음식을 마음껏 먹을 수 있다.

룸메이트를, 그들이 튼 음악을, 그들이 데려온 친구를 미워할 수도 있다. 중간고사 점수를 부모님한테 거짓말로 둘러댈 수도 있고, 화요일 늦은 시간에 전화라도 걸려오면 도서관에서 공부를 하는 중이라고 사기를 칠 수도 있다.

나는 이름도 기억나지 않는 수많은 사람을 만나서 밤을 지새우고 싶다. 그래서 영원히 사귈 사람을 만나고 싶다.

나는 여기에 남고 싶지 않다.

나는 집에서 지내고 싶지 않다.

나는 사회복지사가 (다섯 번째로 만난 사람인데 이름은

기억나지 않는다) 하는 말 전체를 자세히 들어야 한다는 걸 알고있다. 하지만 그러지 않는다. 귀를 모두 막아버리면 생각할 필요조차 없을 거라고 생각한다.

복지사가 부모의 권리에 대해서 이야기하고 있다.

몇 차례 대기하는 기간.

대기하는 도중에 상담.

그리고 공개 입양.

나는 벽에 그림을 그리고 싶다는 생각만 가득 일어난다. 내가 도시를 뛰어가고 다리를 넘어가는 모습을 그리고 싶다.

사무실 벽 여기저기에서 빙그레 웃는 아이와 어른의 얼굴에다 검은색과 녹색과 빨간색을 뿌려서 완전히 덮어버리고 싶다.

저 사람들이 저렇게 웃는 이유가 도대체 무어란 말인가?

혹시 나와 니아가 모르는 비밀을 저 사람들만 알고 있는 건가? 우리라면 아기가 키우기 싫어서 모든 걸 상식적으로 처리한다 해도 저 지질맞을 사진에 들어있는 사람처럼 좋아하며 웃을 것 같지 않다.

사실 저렇게 하는 게 옳다. 모두가 그래야 한다고 말한다. 그리고 나는 사람들이 말하는 엿 같은 내용을 믿고 싶다. 그건 이기적인 행동이 아니라고 믿고 싶다. 이 모든 일이 나랑 아무 상관도 없다고 믿고 싶다.

이윽고 복지사가 묻는다.

"자, 혹시 물어볼 게 있나요?"

니아가 묻는다.

"우리가 그 사람들을 만날 수 있나요? 우리 아기를 데려갈 사람들을……."

"그건 여러분이 전통적인 입양을 선택하느냐 공개 입양을 선택하느냐에 달려 있습니다."

"그러면……."

니아가 입을 열다가 닫는다.

복지사가 사람 좋은 표정으로 쳐다보며 우리가 어느 쪽을 선택할지 알아보려고 한다. 우리는 아무 결정도 못 내리지만 복지사는 계속 우리를 살핀다.

니아가 지치고 아픈 표정이다.

사람들이 나한테 여유를 찾아서 파티라도 열어야 한다고 말할 때 나는 깜짝 놀라며 충격을 받는다. 정말 힘든 건 그 말이 옳다는 것, 그리고 내가 즐거워해야 한다는 사실이다. 정말 이래야 하나?

몇 분 후에 우리는 복도에 나와서 가만히 서있다. 바로 앞에 게시판이 걸려있고 출산에 대한 책임을 언급한 포스터가 꽂혀있다. 니아와 나는 벽에 등을 기댄 채 그것을 쳐다본다.

열세 살 정도로 보인 여자아이가 아기를 안고 있다.

우린 벽에 등을 기댄 채 계속 가만히 있는다. 우리 부모는 사회복지사와 악수를 하며 전화로 연락하자는 말을 나누고 있다.

나는 풍선껌을 꺼내서 니아에게 준다.

우리는 손을 잡고 계속 풍선껌을 불어대며 밖으로 나온다. 그리고 각자 엄마 아빠를 따라 다른 택시를 잡아타고 서로 반대편으로 흩어진다.

현재

새털은 우리가 다른 곳으로 왔다는 사실을 알고있는 것 같다. 그래서 밤새도록 눈을 말똥말똥 뜨고 칭얼대더니 내 배 위에서 이제 막 잠이 들었다. 나는 새털이 불쌍하다. 하지만 예전에 살던 곳으로 돌아오니까 좋다.

아빠는 밤새도록 우리 방에 머리를 쑥 밀어넣고 아무일 없냐고, 원한다면 자신이 아기를 데려갈 수 있다고 말한다. 아빠가 처음 물었을 때 나는 이렇게 묻고 싶었다.

"어디로 데려갈 건데요?"

하지만 난 머리를 흔들 뿐이다. 아빠는 방문을 살짝 열어놓는다. 아기가 우는지 어떤지 듣고 싶어서 그러는 것 같다.

엄마는 언제나 방문을 꼭 닫아둔다. 그렇게 해야 다른 할머니들이 흔히 그러는 것처럼 아기를 봐주고 싶은 유혹을, 손녀를 넘겨받으려는 유혹을 느끼지 않는다는 것이다.

나는 엄마한테 맡기고 싶은 유혹을 수없이 느낀다. 너무나 많이 느낀다. 하지만 엄마는 단 한 번도 맡아주지 않는다.

엄마는 내가 도움이 필요 없을 때에만 기저귀를 갈아주고 우유를 먹이고 흔들어주며 재웠다. 그러면서 나한테 경고했다. 아기를 볼 책임은 나한테 있다고, 자신은 할머니라서 책임이 없다고.

새털이 태어나고 이틀이 된 다음에는 이렇게 말했다.

"이건 네가 알아서 할 일이야."

아빠네 아파트에다 마지막 이삿짐을 들여놓은 다음에 엄마는 당신의 지프로 돌아가서 시동도 켜지 않고 가만히 앉아있었다. 난 새털과 함께 현관에 가만히 서서 잘못된 게 무엇인지 골똘히 생각했다.

젠장, 엄마는 어느 곳에서든 항상 다른 곳에 가느라 서

두를 뿐이다. 그래서 나는 지프로 걸어가서 조수석 창문을 톡톡 두드렸다.

엄마는 울고 있었다.

젠장, 그걸 보니까 무서웠다. 난 새털한테 꼭 매달렸다. 그리고 엄마의 울음소리가 잦아 들 때 비로소 팔을 풀었다.

"그렇게 우는 거 처음 봐요, 엄마."

엄마는 검은 안경에 모자를 쓰고 있지만 난 그걸 알 수 있다.

"지금 잘 보아두도록 해. 앞으로 이런 모습을 다시 보기 힘들 테니까. 이렇게 우는 건 네 아빠가 잘 하지."

"나도 알아요. 아빠는 정말 잘 우세요."

"맞아, 그게 바로 그 사람이야, 요리를 좋아하고 잘 우는 사람. 언제나 감성이 넘치는 사람."

하지만 이제 엄마가 웃는다.

"그러니까 너희 부녀도 그 사람과 잘 지낼 수 있을 거야. 그 사람이라면 너희 둘을 잘 보살펴줄 테니까."

"엄마랑 달리?"

엄마가 몸을 뒤로 기대면서 시동을 건다.

"아무렴, 나랑은 다르겠지. 너희한테도 그게 좋을 거고. 아빠까지 나 같았다면 너나 너희 두 형 모두 견디지 못했을 거야."

내가 뒤로 물러나자 엄마가 차창을 올리고 두 번 키스를 보낸 다음에 집으로 돌아간다.

내가 몸을 돌리니까 아빠는 아기 담요를 들고 현관 계단에서 말한다.

"아기한테 너무 춥지 않겠니?"

그리고 나한테 커피 한 잔을 건넨다.

아파트로 들어와서 이삿짐 상자에 둘러싸인 채 나는 새 털을 내 몸에 올려놓고 그대로 잠이 든다.

난 예전과 다른 동네 소리에 깨어난다. 하지만 결국엔 똑같다는 생각이 든다. 새벽 다섯 시에 나는 새털한테 이리저리 걸음마를 시키면서 창문을 내다본다.

이삿짐 상자들을 풀고 싶지 않다. 하지만 아빠한테 커피를 타주기 위해 물을 올려놓고 상자를 풀기 시작한다. 아빠는 서둘 것 없다고 말한다. 내가 애기만이 아니라 졸업을 앞둔 시기라서 굉장히 바쁘단 사실을 아빠도 알고 있다.

나중에 해도 괜찮을 거다.

난 새털의 곱슬머리에 뽀뽀를 하고 꼭 안아준다. 아기가 살짝 몸을 떨어서 나는 메츠 운동복을 잡아당겨 아기를 감싼다.

아기가 하품을 하며 무언가 물어볼 게 있다는 표정으로 나를 쳐다본다. 아기가 니아를 닮아서 정말 다행이란 생각이 든다.

아기가 나를 알고 있다는 시선으로 쳐다본다.

세상 모든 게 변해도 내가 곁에 있는 한 새털은 전혀 걱정하지 않을 거란 느낌이 새삼스럽게 다가온다.

옛날

니아는 자신이 둥지에 있는 꿈을 꾸었다고 말한다. 엄마는 암실로 사용하는 붙박이 벽장에서 그 말을 듣고 대답한다.

"일리가 있어. 아기와 둥지."

니아는 바닥에 받쳐놓은 베개에 등을 기대면서 말한다.

"아니에요, 그런 게 아니에요. 나쁜 꿈이에요. 내가 새가 아니었거든요. 나는 지금처럼 사람인데 온갖 종류의 낡은 옷과 뼈가 널려있는 더러운 둥지에 들어가서……."

"맙소사."

J.L.이 입을 연 다음에 언제나 갖고 다니는 음료수를 가

득 빨아마신다.

케이보이는 니아를 물끄러미 바라보며 묻는다.

"그럼 어미새가 벌레를 씹어서 먹이려고 할 때 넌 어떻게 했는데?"

니아가 눈을 굴리며 케이보이를 바라본다.

"너는 어떻게 말하면 나를 기분 나쁘게 만들 수 있는지 언제나 정확히 알고 있는 것 같아."

케이보이가 베개 밑에다 두 발을 밀어넣자, 니아가 몸을 돌려서 손으로 치며 짜증낸다.

"좀 가만히 있을래, 아니면 누가 너를 흠씬 두들겨 팰 때까지 기다릴래?"

"기다릴래."

"그래, 알았다, 알았어."

니아가 허리 아래를 문지르기 시작한다. 이제 여덟 달이다. 임신 상태에 완전히 지친 표정이다. 어쨌든, 이제 한 달이면 모든 게 끝난다. 그러면 모든 게 끝난다, 며칠 전에 결정을 내린 터이다.

니아가 울었다.

나도 울었다.

우리 아빠도 울었다.

하지만 그게 전부였다. 우리 엄마와 니아의 부모는 오즈의 마법사에서 막 풀려나온 표정이었다. 이별의 슬픔에 빠져드는 표정이 아니었다. 내가 보기에 니아의 아빠는 딸한테 아기가 생겼다는 사실을 들은 이후 처음으로 안도의 한숨을 내쉬는 것 같았다.

니아의 엄마가 나를 바라보며 빙그레 웃었다. 나는 머리가 도는 것 같았다.

아기는 사진 속에서 행복하게 웃고 있는 부부들 가운데 한 팀에게 가기로 정해진 상태다. 그래서 마당과 강아지와 그네가 있는 집에서 살 예정이다. 어느 사진이든 마당과 강아지가 들어있다.

이제 한 달만 지나면 모든 게 예전처럼 돌아가게 된다. 변하는 건 하나도 없게 된다. 우리도 학교를 졸업하고 다음 단계로 나아가면 된다.

이제 한 달만 지나면 아기는 없다.

현재

어제 내가 보육원에서 나올 때 새털이 울었다. 새털이 나를 쳐다보며 그렇게 운 건 처음이다. 하지만 오늘 재키가 그 사실을 알려줄 때까지 나는 그걸 모르고 있었다.

"네가 떨어지면 아기가 얼굴을 어떻게 찡그리는지 잘 봐. 어제 네가 떠날 때에도 똑같았으니까."

"정말요?"

"그럼, 정말이고말고. 왜? 놀랍니?"

재키가 이제 막 걸음마를 시작해 바지에 매달리는 여자애를 들어올린다.

내가 얼굴을 들여다보니까 새털이 캐리어에서 발을 내

차며 방긋 웃는다. 난 새털한데 상체를 기울여서 아기의
향긋한 머리냄새를 맡으며 뺨에다 뽀뽀를 한다.

그대로 나오기가 힘들다. 이제 내가 옆에 없다는 걸 새
털이 알게 되니까 떠나기가 힘들다. 그리고 이제는 새털
을 쳐다보면 니아가 보인다. 새털이 마치 니아처럼 느껴
진다.

케이보이가 거리 건너편 자동세탁소 앞에서 기다린다.
J.L.이 건조실 안에서 왔다갔다 한다.

"이봐, 친구, 왜 그렇게 오래 걸렸어? J.L.이 건조실에
들어갈 때 교장 선생님이 담배를 사러 거리를 건너가는
걸 본 것 같대."

나는 건조실로 걸어가서 전원을 내린다.

J.L.이 여전히 안에 있으면서 웃어대기 시작한다. 누군
가의 기다란 털목도리가 온몸에 엉켜있다.

"정신이 나갔니, J.L.?"

J.L.이 건조실에서 나와 기다란 털목도리를 접어서 세
탁기 옆의 커다란 나무 탁자에 올려놓는다.

"그러지 마, 친구. 춥기도 하고 특별한 일도 없는 게 따

분해서 그런 것뿐이야. 너야말로 왜 이렇게 오래 걸린 거야?"

"학교라는 곳은 두 시 삼십 분 이전에 떠나면 방과 후에 학교에 남거나 낙제를 당하거나 그 이상의 벌을 받아야 하는 곳이야. 그러면 아빠한테 말해야 하고 그러면 아빠는 직장을 빠지고 상담교사와 또 만나야 한다고."

케이보이가 세탁기에 등을 기댄 채 팝콘을 먹으며 패션 잡지를 읽으며 묻는다.

"그래서 갈 거야 안 갈 거야?"

J.L.은 다시 들어가고 싶은 표정으로 계속 건조실만 바라보고 있다.

케이보이가 말한다.

"너한테 중요한 게 이런 일이야, 친구? 친구를 세탁소 앞으로 불러내 잔돈을 얻어내서 건조실에 들어가 빙글빙글 돌기만 할 거냐고?"

J.L.이 케이보이한테서 잡지를 낚아챈다. 그리고 우리 셋은 좁은 골목을 지나 뒷길로 나간다. 이 길은 예전에도 그렇고 지금도 그렇고 앞으로도 우리의 (그리고 우리 학교에 다니는 다른 모든 아이들의) 영원한 탈출로였다.

우리는 도시를 뚫고 나아가며 치과병원이나 시험장에서 이제 막 벗어난 것 같은 해방감을 만끽한다. 과자를 먹으며 한참 떠들다보니 그랜드 센트럴 호텔이 나타난다.

그리고 한 시간 후에 우리는 도시에서 빠져나오는 기차를 타고 있다. 니아를 만나러 도시 바깥으로 나가는 중이다.

이제 막 걸음마를 익힌 아기가 새털에게 아이스크림을 먹인다면서 얼굴에 달고 끈적끈적한 얼룩을 묻힌다. 조그만 여자 아기가 옆으로 올 때마다 새털이 좋아하며 잇몸을 활짝 드러내고 웃는다. 얼굴에 묻힌 걸 더 달라는 표정이다.

나는 새털이 툭하면 씹어대는 기저귀 가방을 집어들고 밖으로 나가려 하자, 재키가 내일 새털한테 병원 진찰 예약이 있다는 사실을 알려준다. 우리는 아이들이 인도 여기저기에서 뛰어다니는 바깥으로 걸어나온다.

모두가 나왔다.

사월이다. 여름이 그리 멀지 않는 느낌이다. 강한 햇살이 얼굴에 비치니까 새털이 한숨을 쉬며 눈을 깜박거린다.

재키의 집에서 세 블록 정도를 걸어왔다. 아기를 데려다주고 데려올 때 전철을 탈 필요도 없고 수업시작 세 시간 전에 일어날 필요도 없다.

나는 내 또래 아이들 몇 명이 어슬렁거리는 전자오락실을 들여다본다. 하지만 그곳에 들어갈 시간이 없다. 아마 앞으로도 마찬가지일 것이다. 아이들이 서로 몸을 비벼대며 전자오락에 열중하고 있다. 나는 그들을 가만히 바라본다. 무얼 놓치고 있다는 느낌이 든다.

그러다가 이런 생각이 든다. 나한테는 케이보이와 J.L.이 있다. 물론 예전과 똑같은 건 아니다. 하지만 나한테는 여전히 두 친구가 있다. 예전과 똑같을 순 없지만 아직 나한테는 두 친구가 있다.

나는 우리 아파트 건물에 도착해서 엘리베이터를 타러 올라간다.

"집에 왔다, 아가."

새털도 그걸 아는 것 같다. 갑자기 기저귀를 갈아야 하는 심각한 사태를 발생시키기 때문이다.

내가 새털한테 우유를 타줄 때 볼 수 있도록 아빠가 냉장고에 메모를 붙여놓았다.

냉장고에 먹을 게 있어. 형이 편지를 보냈다.

나는 새털에게 우유를 먹이며 형 폴한테서 온 편지를
큰 소리로 읽는다. 내 품에 안긴 새털이 편안해 한다. 그
렇게 몇 분이 지나자 새털이 우유를 빨다가 꾸벅꾸벅 졸
기 시작한다. 나는 새털을 방으로 데리고 와서 아기침대
에 눕히려고 한다. 하지만 아직 그렇게 깊이 잠들지는 않
았다.

새털을 내려놓을 테면 내려놓아보라는 표정으로 노려
본다.

그래서 나는 내려놓지 않고 편지를 계속 읽어 준다. 편
지를 다 읽은 다음에는 아기를 안고 침실 창가에 앉아서
오늘 있었던 일을 이야기해 준다. 그리고 새털이 눈을 꼭
감을 즈음에는 엄마 이야기를 들려준다.

옛날

나는 어릴 때에 상업광고를 즐겨 보곤 했다. 그때는 닉형과 한 방을 썼는데, 광고가 나오기만 하면 정신이 번쩍 들었다.

진공청소기와 자동차, 아침식사용 시리얼, 음료수, 패스트푸드 체인점, 자동차 배터리 등의 광고에 나오는 구절을 줄줄이 외우고 있었다. 날마다 광고 노래가 입에서 떨어지질 않았다.

지금 나는 니아의 배에 대고 비디오 대여 광고 노래를 불러주고 있다. 뱃속의 아기가 태어난 다음에는 이런 노래를 불러줄 기회가 없기 때문에 비록 멍청한 광고용 노래이긴 하지만 그래도 지금 불러주고 싶다.

니아는 노래가 귀엽다고 생각한다. 그리고 강아지라도 쳐다보는 표정으로 나를 바라보더니 소파에서 몸을 구부리고 잠이 든다. 나는 아기한테 광고 노래를 몇 곡 더 불러준 다음에 일어나서 떠날 준비를 한다.

난 아직도 니아의 부모를 피한다. 어쩔 수가 없다. 케이보이는 내가 그러는 걸 이상하다고 말한다. 그러면서 일종의 우월감을 느낀다. 하지만 난 어쩔 수가 없다.

나는 니아의 등을 어루만진다. 니아가 꿈 속에서 빙그레 웃는다. 나는 그런 니아를 남겨두고 밖으로 나온다.

니아

다섯 살 때 나는 소방관이 되고 싶었다. 소방관 복장을 차려입고 번개처럼 빠른 소방차에 올라탄 채 도시를 질주하고 싶었다. 사다리를 하늘 높이 올려서 그 위에 올라타고 싶었다. 화재 현장과 재난 현장에서 사람들을 구하고 싶었다. 아기와 어린이를 안전한 곳으로 데려오는 사람이 되고 싶었다. 내 발로 끝없이 높은 계단을 뛰어 올라 모든 사람들을 무사히 데려오고 싶었다.

그러나 열 살이 되었을 때에는 기구를 타는 사람이 되고 싶었다. 그래서 모든 사람이 내려다보이는 하늘 높이 날고 싶었다. 그런데 지금 내가 그렇게 하고 있다는 느낌이 든다.

지금 나는 모든 사람이 내려다보이는 하늘 높이 날고 있는 기분이다. 도시는 물론 나 자신까지 내려다보이는 하늘 높이 날고 있는 기분이다. 지금 나는 바비와 우리 부모, 그리고 친구들이 몰려있는 공원을 내려다보며 하늘 높이 날고 있는 기분이다. 사람이 죽을 때에 느끼는 기분이 바로 이런 것 같다.

지금 나는 이곳에 누워서 그냥 잠자고 싶은 마음뿐이다. 멈춰야 할 피가 멈추지 않아도 상관없다. 바비가 샴푸 광고 하는 노래를 부른 게 조금 전인데 지금은 가고 없다.

하지만 그건 괜찮다. 지금 내가 하고 싶은 건 하늘은 나는 것이기 때문이다.

현재

난 새털한테 엄마 이야기를 한다.

엄마는 신발 신는 걸 정말 싫어했어. 하지만 언제나 신어야 했어. 사방이 시멘트 포장이라 어쩔 수 없기 때문이야. 엄마는 타코 빵을 제일 좋아했어. 그래서 포장을 뜯자마자 같이 넣어준 소스부터 먹었어.

카드놀이를 할 때면 속임수를 쓰고 상대편이 알아채도 상관하지 않았어. 양말 신는 걸 귀찮아하고 선글라스가 오십 개 모자는 칠십 개나 있었지.

엄마는 학교에서 누가 다른 아이한테 못된 짓을 하면 싸움을 벌였어. 하지만 엄마 자신도 아주 짓궂을 때가 있었지. 아주 재미있는 성격이야.

엄마는 너를 임신한 동안 생선을 보면 구역질을 하고 언제나 양념이 매운 음식을 먹었어.

너를 임신한 동안 엄마가 제일 하고 싶었던 건 수영인데 실제로 수영을 배운 적은 없어.

네가 태어나기 직전에 엄마가 배에다 활짝 웃는 커다란 얼굴을 그려놓고 찍은 사진이 있어. 엄마는 바닥에 앉는 걸, 그리고 식탁 밑에 숨어서 남의 얘기를 엿듣는 걸 좋아했어.

엄마가 아기 때 찍은 사진을 보면 꼭 너를 보는 것 같아.

새털이 기지개를 펴고 하품을 하더니, 눈을 살짝 뜨다가 다시 새근거리며 잔다.

나는 새털한테 말한다, 오늘 엄마를 보았다고.

케이보이는 엄마한테 재미있는 농담을 했지만 아마 엄마는 그걸 못 들을 거야. 그리고 J.L.은 새로 구입한 CD를 틀어주고 침대 주변을 돌면서 춤을 추었는데, 간호사가 들어와서 짜증스런 표정으로 쳐다보며 멈추게 했어.

나는 엄마한테 내가 졸업식에 입고 갈 복장을 알려주었

어. 그리고 네가 낮보다 밤을 좋아하고 벌써 아이스크림에 맛들이고 기저귀 가방을 아주 좋아한다는 사실도 알려주었어.

나는 장기요양이란 걸 하기 위해 사람들이 도시에서 시골로 데려가기 전에 내가 너를 엄마 배 위에 올려놓은 걸 기억하느냐고 너의 엄마에게 물었어. 엄마한테 언제든 깨어나긴 할 거냐고 물었어. 의사가 너희 엄마의 부모님한테 뇌손상이란 것에 대해 설명한 내용을 실제로 믿느냐고 물어보았어.

나는 엄마한테 내가 너를 키운다고, 다른 행복한 부부한테 넘겨주지 않았다고 알려주었어. 니아가 없는 한 나 혼자 서류에 서명할 순 없기 때문이라고 말했어.

나는 잠시 후에 완전히 지쳤고 J.L.은 먹을 것을 찾으러 갔어. 그리고 케이보이는 엄마 침대 옆에 있는 의자에서 잠이 들었어. 하지만 나는 너희 엄마한테 너 새털에 대한 이야기를 계속 해주었어.

간호사가 들어와서 엄마를 뒤집었어.

다른 간호사가 들어와서 엄마가 숨 쉬는 관을 청소했어.

하지만 아가야, 나한테 그런 건 중요하지 않아. 그래서 엄마한테 계속 너에 대해 말해 주었단다.

정말이야, 너희 엄마한테 너에 대해 계속 말해 주었어.

옛날

뛰지 않으려고 했다. 하지만 뛰고 말았다.

울지 않으려고 애썼다. 하지만 셔츠를 내려다보니까 흠뻑 젖어있었다. 나는 땀 때문에 이런 거라고 믿고 싶었다. 코에서는 콧물까지 나오고 사람들 얼굴도 보이지 않았지만, 나는 거리를 무작정 달려갔다.

그러면서 울부짖은 것 같다.

누가 봐도 정신이 나간 절박한 표정이지만 나는 엄마 집에서 나와 병원까지 줄곧 뛰어가는 편이 훨씬 좋았다. 문에 붙은 쪽지에 빨리 병원으로 오라고, 니아한테 무슨 일이 일어난 것 같다고 쓰여있었기 때문이다.

정말 어이가 없는 건 끊임없이 뛰어서 병원 문으로 들
어설 때까지 하느님한테 사정할 생각조차 안했다는 사실
이다. 엄마 얼굴을 본 다음에 비로소 하느님한테 사정해
야 한다는 사실을 깨달았다는 사실이다.

그래서 나는 간절하게 빌기 시작한다.

나는 이렇게 사정한다. 계속 생각을 했기 때문에 어떻
게 될지 우리도 알고 있다. 비록 실수를 했지만 우리는 멍
청이가 아니다. 그래서 바람직하게 처리할 생각이다.

그 다음에 나는 니아가 잠을 자는 모습이 얼마나 사랑
스러운지, 빙그레 미소를 짓고 음식을 먹고 커다랗게 웃
는 모습이 얼마나 사랑스러운지 떠벌리기 시작한 것 같
다. 하지만 결국에는 입을 다물고 말았다. 비록 하느님에
대해 아는 것도 없고 교회에 다니지도 않았지만 하느님한
테 이런 식으로 떠벌리는 건 옳지 않다는 생각이 들었기
때문이다.

응급실에 있는 사람들 모두를 두렵게 만들고 엄마한테
꼭 매달린 채 상상도 못할 비명을 지르면서 울어댄다면
하느님이 들어주지 않으실 것 같기도 했다.

처음부터 정신을 못 차리고 내 감정만 미친 듯이 내뱉

는다면 자동 이중문을 걸어 나오는 니아의 엄마 아빠를 또 어떻게 볼 수 있겠는가!

그리고 엄마도 비명을 질러대는 내 귀에 대고 조그맣게 속삭였다.

"진정해, 바비, 진정해."

내가 아홉 살일 때 온몸에 옴이 퍼져 차갑고 하얀 시트에 누워서 울부짖을 때에도 엄마는 그렇게 말했다.

진정해, 바비. 진정해.

나는 니아 아빠한테 니아 엄마를 더 세게 잡으라고 말하고 싶다. 여러 의사와 간호사, 나, 그리고 우리 엄마 아빠가 있는 앞에서 니아 엄마가 넋을 잃기 시작하기 때문이다.

그렇게 일 분이 지나자, 이미 늦었다.

니아 엄마가 완전히 넋이 나갔다.

그냥 그렇게 있다. 소리도 안 지르고 말도 없다.

니아 엄마가 창문으로 걸어가서 마치 구경꾼이라도 되는 것처럼 바깥을 내다본다. 사방을 둘러보지만 사실은 아무것도 안 보인다는 표정이다. 심지어 우리조차 알아보지 못한다.

니아 엄마는 니아가 제일 좋아하는 동물인형을 들고 있다. 그렇게 하면 니아가 조금이라도 좋아질 것 같아서 그렇게 한다는 생각이 든다. 하지만 다시 쳐다보고 나는 생각을 바꾼다.

자신을 위해서 그렇게 한 것이다.

우리는 원탁에 빙 둘러앉아 있다. 하지만 원탁의 기사는 한 명도 없다.

우리 엄마 아빠가 니아 엄마 아빠한테 부드럽게 말하고 의사한테 다양한 질문을 한다.

니아 아빠는 사람들한테 고개를 끄덕이곤 울기 시작한다. 의사는 서류철을 접고서 니아 아빠의 등을 톡톡 두드린 다음에 떠난다. 니아 엄마는 남편의 손을 꼭 잡는다. 나로선 중환자실로 들어간 이후에 계속 넋을 잃고 있던 사람이 어떻게 손을 꼭 잡을 수 있는지 궁금할 뿐이다.

나는 원탁의 기사처럼 용감할 수가 없다. 그래서 뇌사가 무어냐고, 선글라스를 수없이 많이 가지고 있는 여자애가, 우리 아기를 임신한 여자애가 앞으로 걷지도 말하지도 웃지도 못 하는 이유가 무어냐고 물어볼 수가 없다. 그래서 회복불능의 무의식 상태에 빠진 식물인간이라고 다섯 번이나 중얼거리며 억지로 믿으려고 한다. 혀가 꼬이는 것 같다.

엄마 아빠가 양쪽에서 내 손을 잡고 걸어나갈 때에는 마치 세 살로 돌아간 느낌이 든다. 니아 아빠가 다시 눈물을 터트리더니 무릎을 꿇으며 쓰러진다. 그때 비로소 니아 엄마가 무의식 상태에서 돌아와 남편을 안고 몸을 흔들기 시작한다.

나는 나와 니아, 그리고 케이보이와 J.L.이 해변에서 찍힌 사진을 지니고 다닌다. 우리가 물장구를 치며 즐겁게 놀다가 물에서 나온 직후에 J.L.여동생이 찍은 사진이다.

나는 사진을 반으로 접어서 지갑에 딱 맞게 끼워넣었다. 나는 니아가 웃고 우리 셋은 당황스럽게 쳐다보는 표정이 참 좋다.

니아가 웃는 이유는 사진을 찍기 직전에 한 아이가 와서 할로윈에 쓸 옷이 필요하다고 해 우리 옷을 모두 주었다고 말했기 때문이다.

7월이었다. 하지만 우리는 그 말을 믿었다.

그래서 우리가 다시 물 속으로 뛰어가는 사진을 J.L.여동생이 가지고 있다. 이 사진에는 우리 얼굴이 나오지 않는다. 우리가 니아의 뒤를 쫓아서 흰 파도가 몰아치는 바다로 뛰어드는 뒷모습만 나온다.

갑자기 이 생각이 떠오른 이유는 내가 대기실에서 고개를 돌리니까 두 친구가 등을 보인 채 우리 아빠랑 이야기를 했기 때문인 것 같다. 하지만 지금은 당시에 우리가 그랬던 것처럼 "빨리 잡아!" 하고 소리치며 웃어대는 그런 분위기가 아니다.

그러나 두 친구는 이곳에 있다. 그리고 니아는 이제 두 번 다시 우리한테서 도망칠 수 없다. 잠시 후에 두 친구가 대기실의 하얀 불빛을 받으며 옆으로 다가온다. 니아가 내 곁을 떠난다는 생각이 처음으로 밀려든다. 하지만 마음 속에는 니아가 그 어느 때보다 가득 들어찬다.

이 느낌은 사라지거나 흐려지지 않았다. 나를 쓰러뜨리거나 좌절케 만들지도 않았다.

아기가 나한테 천천히 다가왔다.

머리부터 발끝까지 병원 옷을 뒤집어 쓴 간호사가 너무나 기다란 복도에서 인큐베이터를 밀며 나한테 천천히 다가왔다.

우리 엄마와 아빠가 옆에서 속닥거리고 니아 엄마와 아빠는 간호실 옆에서 눈물을 흘렸다.

아기가 너무나 천천히 다가와서 마치 나는 꿈을 꾸는 것 같았다. 네 걸음 떨어진 거리, 세 걸음, 두 걸음······.

이윽고 검은 머리칼이, 주먹을 움켜쥔 손이, 그리고 니아의 코와 입이 보였다. 아기가 너무 천천히 다가왔다. 공중에서 천천히 떨어지는 새털 같았다.

나는 신생아실에서 나왔다.

새털은 담요로 싸는 걸 좋아하지 않는다. 끈으로 매기라도 하면 몸부림을 치며 저항한다. 나는 새털이 그러는 게 좋다. 가족 병실의 흔들의자에 앉아서 껴안아주며 새털을 차분하게 만들 사람은 나밖에 없다는 사실이 좋다.

나는 한 시간을 그렇게 하고 있었다.

사회복지사가 설득하려고 약 오 분 동안 노력했다. 연필로 책상을 계속 탁탁 쳤다. 나는 사회복지사가 말해야 한다고 생각하는 내용을 말하는 거라고 생각한다.

"나도 지금 네가 감성적으로 아주 힘들다는 사실을 알고 있어, 바비. 앞으로 네가 겪을 고통을 생각하면 정말 안타까워. 니아는 어때? 의사 선생님들이 별다른 말씀은 안 하셨니?"

나는 벽에 붙어서 웃고 있는 여러 가정을 바라본다.

"의사 선생님들은 '항구적 식물 상태'라는 말만 하고 있어요. 정말 듣기 싫지만 어쩔 수가 없어요."

"바비, 아기는."

"새털. 이름이 새털이에요."

"우리가 어떻게 하는 게 새털한테 제일 좋을지 생각해야 돼. 너는 아기를 키울 준비가 되어 있니? 아기 키우는 법은 알고 있니?"

나는 앞에 놓여있는 양자 입양 서류를 반으로 접어서 찢어버린다.

"아니요, 아기를 기르는 방법은 조금도 몰라요. 하지만 나는 열여섯 살이고 벽에 붙어있는 저 사람들 모두 가족으로 보이지 않나요. 새털 역시 마찬가지일 거예요. 내가 직접 키우겠어요."

사회복지사가 이마를 찡그린다.

"네가 키울 필요는 없어. 아기를 원하는 부부가 있어. 이 애를 키우고 싶어 하는 가정이 있어. 아기를 데려가서 사랑하며 키울 사람들이……."

"하지만 나 역시 새틸을 사랑해요. 비록 아기를 기를 준비가 충분하지 않지만 어쨌든 우리 아기예요. 바로 내가 아빠라고요."

사회복지 사무실을 나오면서 나는 복도 끝에 서있는 프랑크를 본 것 같다. 그와 동시에 나는 사나이가 되어간다는 사실을, 성질을 내고 마음대로 행동하는 아이가 이제 아니라는 사실을 깨닫는다.

나는 진정한 사나이로 성장하고 있다.

서류를 조각조각 찢어발기기 전에 나는 니아의 아빠 엄마한테 말했다.

나는 말하고 두 분은 들었다.

두 분이 말하고 나는 들었다.

두 분이 울었다.

나도 울 뻔했다.

그리고 아기가 니아를 참 많이 닮았다고, 이제 니아한 테 남은 건 이 아기밖에 없다고 니아 엄마가 말할 때 결국 나는 울기 시작했다. 하지만 팔소매로 재빨리 눈물을 닦았다. 왜냐하면 이제 나는 한 아기의 아빠이기 때문이다.

나는 부모의 도리를 하나도 모른다. 하지만 아기를 키우기로 결심한 아빠가 아기처럼 운다는 건 말도 안 된다.

"바비야, 네가 아기 키우는 걸 우리가 도와주마."

두 분의 입에서 나온 말은 이게 전부였다. 하지만 두 분이 신생아실 유리 사이로 아기를 바라보는 모습은 작별인사를 하는 것 같았다.

얼마 후에 새털은 나와 함께 집으로 들어와 내 배 위에서 자고 있다.

삼일 전과 완전히 모든 게 바뀌었다. 그때만 해도 새털이 우리 집에 없었으며 나와 함께 지낼 예정도 아니었다.

이제 새털이 태어난 게 삼일하고도 아홉 시간이 지났다. 그런데 밤에 잠을 자지 않는다. 우리 엄마, 그러니까 새털 할머니는 내가 보지 않을 때 새털을 보며 빙그레 웃을 뿐이다. 그러나 그런 건 상관없다. 왜냐하면 내가 새털을 책임져야 한다는 사실을 그 어느 때보다 분명히 깨닫고 있기 때문이다. 새털의 아빠는 바로 나이며 따라서 필요하다면 밤을 꼬박 새워야 한다. 나는 최선을 다해서 아빠가 해야 할 모든 일을 다 해야 한다. 설사 실수를 저질러서 처음부터 다시 하는 일이 있더라도 그렇게 해야 한다.

지금 당장은 그런 대로 괜찮다. 왜냐하면 포근한 아침 햇빛이 다가오는 걸 생전 처음 구경하게 되었기 때문이다.

현재

아가야, '천국'에 대해서 듣고 싶니? 들과 풀과 소에 대해서 더 많이 알고 싶니? 사슴 한 마리가 창밖에 다가와서 나뭇잎을 갉아먹는 소리에 잠에서 깨어나는 느낌이 어떤지 궁금하니?

이곳이 아닌 다른 곳에 대해 더 많은 걸 알고 싶니?

"바비야, 무슨 생각을 하고 있니?"

나는 깜짝 놀란다. 아빠가 나한테 이렇게 물어본 건 처음이기 때문이다. 그리고 처음 물어보았기 때문에 나는 아주 그럴싸하게 대답해야 한다고 생각한다.

뭐라고 대답할까?

나한테는 약간 생각할 시간이 있다. 새털은 좀 전에 낮잠을 자기 시작했으며 우유가 다 소화되어 다시 배가 고플 때까지는 깨어나지 않을 것이다. 지금 당장은 특별히할 일이 없으며 태양은 7번가를 화사하게 비추고 있다.

뭐라고 대답할까?

브루클린에 다시 돌아와서 너무 기쁘다고, 그동안 새털한테 이곳의 울창한 나무를 보여주고 싶었다고 대답할까? 아빠와 함께 있어서, 그래서 아빠가 밤마다 들어와 나한테 이불을 덮어주고 새털한테 뽀뽀를 한 다음에 문을 닫아주어서 너무 기쁘다고 대답할까?

아니면 지금까지 아주 많은 일이, 너무 많은 일이 일어났다고, 그래서 이제 나도 무언가를 해야 하겠다는 생각을 하는 중이라고 대답할까?

며칠 전에 니아를 만나러 요양원에 갔는데 마음이 너무 아팠다고 대답할까? 니아가 얼마나 야위었는지, 그리고 작별키스를 할 때 그 입술이 얼마나 부드러웠는지 설명해드릴까?

내가 이곳에, 이 집에, 이 나라에, 머문다면 제대로 해내지 못할 것 같다는 말을 하는 건 어떨까?

지금 나는 아기가 아기를 키우는 느낌이라고 말하는 건 어떨까? 어떤 사람이 나타나서 "야, 꼬마야, 시간이 다 됐다. 이제 아빠 노릇은 더 이상 안 돼. 너는 모든 걸 망칠 뿐이야." 하고 말하는 것으로 아빠 노릇이 끝날 것 같은 느낌이라고…….

도시가 갑자기 너무 커다랗게 느껴지고 그래서 내가 새 털을 지하철에 남겨두고 나왔는데 다시 안으로 들어가서 데려오기 전에 지하철이 떠나버려 아기가 영원히 사라지는 꿈을 계속 꾸고 있다고 말하는 건 어떨까?

아니, 이 모든 내용을 아빠에게 말해야 할 것 같다는 생각도 든다. 그러면 아빠는 맛있는 걸 만들어 주고 스포츠 채널을 켜서 나랑 함께 밤늦도록 야구를 볼지도 모른다.

하지만 나는 이렇게 대답한다.

"폴 형이 오하이오가 마음에 든다고, 아기를 키우기에 참 좋은 곳이라고 해서요."

아빠는 창가로 가서 눈을 가늘게 뜨고 태양을 바라본다.

"네 형이 옳을 수도 있어, 바비, 네 형이 옳을 수도 있어."

그러고 나서 나는 아빠와 함께 스포츠 채널을 켜고 메츠에 대한 분석을 늘어놓기 시작한다.

천국

많은 사람과 작별인사를 나눈 이야기는 하고 싶지 않다.

너무나 사랑스런 도시를 케이보이, 그리고 J.L.과 함께 지난 한 달 동안 녹초가 될 때까지 돌아다닌 이야기는 안 하겠다.

정겨운 사람들이 얼마나 보고 싶을지, 그래서 펜실베이니아가 브루클린에서 여덟 시간 거리가 아니라 한 시간 거리라면 얼마나 좋을지에 대해서도 말하지 않겠다.

그런 말은 않겠다.

하루는 밤에 깨어나서 새털을 안고 있는 엄마를 쳐다보

며 나한테도 관심을 가지고 보살펴달라고 말한 이야기는 않겠다.

나는 마침내 오하이오의 '천국'에 있는 폴 형을 찾아간 이야기를 하고 싶다. 오래된 우편엽서에서 금방 튀어나온 것 같은 마을을, 중앙로를 걸어갈 때에는 새털이 만나는 사람마다 방긋 웃으며 쳐다보는 이야기를 하고 싶다.

풀밭이 얼마나 향긋하고 마을 외곽을 뛰어다니는 말이 얼마나 멋있는지, 그리고 조그만 아파트를 구했는데 그 옆에는 커다란 유리창을 앞에 단 카센터가 있고 주변에는 자전거를 탄 사람들이 하루 종일 오가는 모습을 이야기하고 싶다.

내가 새털과 함께 버스를 타고 뉴욕을 빠져나올 때, 그 곳에 남은 사람들한테 손을 흔들어줄 때 앞 일이 잘 풀릴지 안 풀릴지 하나도 몰랐다는 이야기를 하고 싶다.

장거리 버스에서 아기를 두 팔에 안은 채 필요할 때마다 밖으로 나가고 나머지 시간에는 잠만 자는 느낌이 어떤지에 대해서도 말할 수 있을 것 같다.

나와 함께 창가에 앉아서 새털이 뒤뜰로 흐르며 지나가는 개울을 가리킬 때 그 기분이 얼마나 좋은지도 말할 수 있다. 비록 '천국'이라고 불리는 이곳에서 앞으로 어떤 일이 일어날지 모르지만 그래도 이곳이 내 딸만큼이나 새롭게 느껴지는 이유에 대해서 말하는 것도 좋을 것 같다.

옮긴이의 말

옛날에 눈먼 여인이 있었습니다. 여인에게는 어린아이들이 있습니다. 여인은 항상 열심히 일하지만 음식을 구할 돈이 적어서 아이들을 항상 굶주리고 있습니다.

하루는 여인이 산더미 같은 빨래를 해주고 동전 한 닢을 받습니다. 여인은 그것으로 달콤한 오렌지 한 알을 샀습니다. 아이들에게 그걸 나눠줄 생각을 하니까 너무나 즐겁습니다.

동네 아이들은 눈먼 여인을 골려줄 생각을 합니다. 그래서 일부러 부닥쳐서 여인을 쓰러뜨리고 달콤한 오렌지를 시큼한 레몬으로 바꿔칩니다.

여인은 레몬을 오렌지로 알고 집까지 가져옵니다. 그래서 칼로 자른 다음에 비로소 그게 오렌지가 아니라 레몬이란 사실을 발견합니다. 여인은 고민합니다. 어떻게 하면 레몬을 아이들에게 나눠줄 수 있을까? 그래서 아이들의 배를 채워줄 수 있을까?

여인은 레몬을 짜서 즙을 내고 거기에 물과 설탕을 넣어서 아이들에게 배불리 먹입니다. 이래서 레모네이드가 이 세상에 처음 나오게 됩니다.

이 책의 주인공 '바비'는 고등학생입니다. 친구들과 놀아야 하고 대학에 갈 준비도 해야 합니다. 그런데 아기 아빠가 됩니다. 아기 엄마를 너무나 사랑합니다. 하지만 아기 엄마는 식물인간이 되었습니다.

아기를 다른 가정에 입양시킨다면 바비는 모든 고통에서 벗어나, 예전의 즐거운 생활로 돌아갈 수 있습니다. 하지만 그렇게 하지 않습니다. 바비는 아빠 역할을 합니다. 책임을 피하지 않습니다.

어린 나이에 아빠 노릇을 하는 게 너무나 어렵습니다. 며칠 동안 잠도 못 자고 학교에서는 졸기만 합니다. 세상의 모든 고통이 자신한테만 몰려드는 것 같습니다. 그래도 아빠 역할을 합니다. 아빠이기 때문입니다.

바비는 자신한테만 의지하는 귀여운 아기를 보면서 삶의 희망을 느낍니다. 자신의 존재가치를 확인한 겁니다. 그러면서 아기한테 의지하는 자신을 발견합니다. 희생과 사랑을 통해서 자신의 또 다른 존재를 느낍니다.

저자는 현재와 과거의 계속적인 나열을 통해 한 고등학생의 삶과 좌절과 변화를 시적으로 묘사하고 있습니다. 한 청소년의 성장통을 담담하게 묘사하고 있습니다.

우리한테도 현재와 과거가 있으며 그 속에 우리의 삶과 좌절이 들어있습니다. 그 속에는 꿈과 희망도 들어있습니다. 그 속에는 우리가 미래가 들어있습니다.

고통은 인간을 두 부류로 나눕니다. 고통 앞에 좌절하는 사람, 그래서 스스로 더 큰 고통으로 파고들며 자포자기하는 사람이 있습니다. 그리고 고통을 받아들여 그 속에서 자신을 발견하고 발전시키는 사람, 고통을 통해 은총을 발견하고 겸손을 추구할 줄 아는 사람이 있습니다

전자는 자신과 주변사람을 불행으로 몰아가고 후자는 자신과 주변사람을 행복하게 만듭니다. 레모네이드를 세상에 나오게 만든 건 고통이었습니다. 그 고통을 받아들이는 지혜였습니다. '바비'와 '새틸'의 앞에 밝은 미래가 펼쳐지기를 기원합니다.

김 옥 수